MPR出版物链码使用说明

本书中凡文字下方带有链码图标""的地方,均可通过"泛媒关联"的"扫一扫"功能,扫描链码获得对应的多媒体内容。
您可以通过扫描下方的二维码下载"泛媒关联"APP

做一朵
Zuoyiduo
自由行走
Ziyouxingzou De Hua
的　　　花

曹丽黎 著

经典美文系列／悟澹 主编

中山大学出版社
·广州·

版权所有　翻印必究

图书出版编目（CIP）数据

做一朵自由行走的花／曹丽黎著 . —广州：中山大学出版社，2019.8
（经典美文系列／悟澹主编）
ISBN 978-7-306-06553-7

Ⅰ. ①做… Ⅱ. ①曹… Ⅲ. ①散文集－中国－当代 Ⅳ. ① I267

中国版本图书馆 CIP 数据核字（2019）第 010135 号

出 版 人：	王天琪
策 划 编 辑：	曾育林
责 任 编 辑：	曾育林
封 面 设 计：	亮鼠®设计工作室
装 帧 设 计：	
责 任 校 对：	杨雅丽
责 任 技 编：	黄少伟
出 版 发 行：	中山大学出版社
电　　　 话：	编辑部　020-84111996，84113349，84111997，84110779
	发行部　020-84111998，84111981，84111160
地　　　 址：	广州市新港西路 135 号
邮　　　 编：	510275　　传　真：020-84036565
网　　　 址：	http://www.zsup.com.cn　E-mail：zdcbs@mail.sysu.edu.cn
印 刷 者：	广州一龙印刷有限公司
规　　　 格：	880mm×1230mm　1/32　7.375 印张　180 千字
版 次 印 次：	2019 年 8 月第 1 版　2019 年 8 月第 1 次印刷
定　　　 价：	40.00 元

如发现本书因印装质量影响阅读，请与出版社发行部联系调换

秋水文章不染尘

(代序)

何三坡

如果三十年前你见过一个天仙般的美少女诗人,三十年后重逢,你一定会悲伤,但你见到曹丽黎,不会太悲伤,你看见美少女消失了,但那个天仙还端坐在你的对面。

二十岁的美不稀罕,二十岁的诗人更不稀罕,稀罕的是一个五十岁的女人,没去跳广场舞,没去满世界买包包,依旧安然地与她迷恋的文字厮守在一起,就像任性的兰波把"美"紧抱在他的膝盖上。

三十年,漫长得像一声叹息,谁不挣扎在人世的洪流里呢?

不用说,我们都在为五斗米折腰,都在生儿育女,都在经历生活的一次次无情的痛击,而女人又比男人承受更多的心灵困苦与艰难,因为,她们都免不了把大部分时间交付美梦与爱情,而命运,往往还给她们的是伤痕与泪水。

代 序
Daixu

三十年来，我目睹时间的坦克冷漠地将我周遭的一切碾压得面目全非，却偏偏放过了曹丽黎。你看见她脸上依然是花一样的笑容，眼里依然是清澈如镜的秋水。

曹丽黎凭什么如此幸运？！你会惊异于时间的疏忽与慈悲。

夏天了，在午后，在暮色中，在旅途里，我随手从手机里打开她的文章，一页页翻过去，仿佛阵阵松风过耳，而松风带来的是潺潺的溪声。

我很容易想起少年时读游仙徐霞客的感怀：天地广袤，万物洁净。而除了烟霞山水，曹丽黎比徐霞客老师还多了许多小柔情、小欢喜，小确幸。

她说，人生不过是一场旅行；她说，花是尘世间最为明亮的慰藉；她说，如果能够在午夜无眠时，可以推开窗，看看暗夜流星。

你以为她在浮世呢，其实她一直活在花草里，活在山水间。

齐高帝萧道成问陶弘景为什么喜欢待在山里，陶弘景的回答是这样的：

山中何所有，岭上多白云。

只可自怡悦，不堪持赠君。

我相信是自然之美，让曹丽黎获得了度过此生的足够的智慧。

目录
Mulu

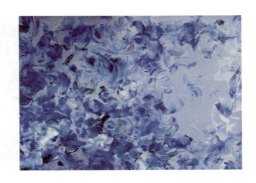

一
向往远方

我自何处来，向何处去？
一个人在云水苍茫里行走，
遇见美，像云朵铺满天空。

002　你看　窗外的那些阳光
007　又见古徽州
009　南浔　停在江南荷叶上的蜻蜓
013　美丽夏宫　罗布林卡
015　纳木错　直达心灵的圣湖
020　春深如海看林芝
024　人生这一场旅行
028　花团锦簇大昭寺
031　给我一双隐形的翅膀
034　百转千回江南路
037　家住苍烟落照间
040　人情温暖的湘西芷江侗族自治县
043　碧海金沙　海上生明月

二

无处藏花

风雨浣洗年轮，植物带来感性的春天与秋天。
湖边的路贯穿四季繁复的美，
湖水微澜，空中满是花朵熟悉的香味。

052　盘根错节的深情
052　忆昔花间初相见
055　八重樱
058　春风十里看梅花
061　我爱八都岕的秋天
065　秋天里的短暂追寻
068　自由行走的花
070　醉莫插花花莫笑
072　彼岸花
075　香樟树
077　桂花开时　秋已过半

080　花底轻笑
083　莫道不销魂
086　夏季落地无声
090　镜头里的萍踪荷影
093　命犯桃花

目录
Mulu

三 细数流年

只要一杯握在手心里的牛奶，
热得和年轻时的眼神一样，
好时光，让我爱也爱不完。

098　风花雪月过此生

103　狂风暴雨吹过爱

108　曾与梅花醉几场

112　谁念秋风独自凉

116　梅子黄时　江南雨如诗

120　散淡日子邂逅温柔

123　谁陪我看满天繁星

125　把天空还给你

130　一袖陈香

134　平原上花开一片

 四

暖意流转

遇见过风雨，遇见过眼泪与痛彻心扉，
长夜无边遇见过恐惧，人海茫茫遇见过孤单无助。
当一切成为背景，我遇见彩虹。

138　一针一线里的深情
142　细雪
149　一帘春雨里年年月月
153　生命中细小的幸福
156　残雪里的蓦然回首
159　走过秋雨秋风路
163　山中方数日　世上已千年
165　梦里想要住的地方
168　雪花飘飘过新年
170　人生过程中的风景
172　秋天深处的仙鹤
174　江南女子的锦绣时光
176　怀念不如相见
179　春到村头荠菜花
184　最特别的日子

目录

五 枕上诗书

因为你，我原谅了一切风雨的折痕。
比伤宁静，比痛温柔，
比爱更加广阔无际。

- 188　在唐寅落花诗册里迷路
- 191　像田野一样广阔的爱情
- 194　《怪谈》笔记
- 197　爱究竟是自私还是无私
- 200　子夜歌里的女孩子
- 204　才女的爱情更寂寞
- 207　爱上横塘路
- 212　十亩之间的乡村爱情
- 216　风雨落花看浮生
- 218　同车的女孩有如木槿

一　向往远方

我自何处来，向何处去？
一个人在云水苍茫里行走，
遇见美，像云朵铺满天空。

你看 窗外的那些阳光

人生不过是一场旅行，走着走着，往往就会偏离最初的目的地，曾经无比重要的会变得无关紧要，曾经无所谓的远处风景也会变成生活的重心，有目的固然好，但若不知道想要到哪里去，信马由缰地生活也许也是好的，我无所谓生活将我带向何处。

就像那天与琴琴在拉萨，在藏北盛夏纯净浓烈的蓝天下，阳光真的当得起"灿烂"两个字，晒在身上，有微微的饱胀感与痛，仿佛那些被阳光照耀的皮肤上随时会绽放出任性的花朵来。

我们两个无所事事地在街头晃荡，没有时间与空间，没有相识的人，没有以往的价值观，仿佛穿越到了另一个世界，这里的人、物、空间，全是不同的，所以，也就没有了忧愤、悲苦、烦恼、雅致、谦虚之类的情绪。

满是新鲜与喜悦，素面朝天的我，穿着宽大的衣衫，卷着袖口，戴一个窄檐帽，背着双肩包，挎着相机，长发一会儿扎成两个麻花辫，一会儿又放下来，风很大，吹得头发像风中飞舞的旗帜一样，

一 向往远方

我们像朋友一样与当地人合影,像熟人一样与陌生人打招呼。

走着走着,就饿了,沿街找了一家藏式餐馆,餐馆没有沿街店铺,只是弄堂口竖了一块小木牌,弯弯曲曲找去,从一个楼梯口找到二楼的餐馆,餐馆出乎意料的漂亮,一面墙上全是精致的唐卡,柜子里放满了古老的铜器。偌大的餐馆里居然只有三四个客人,静得奢侈。

我们请教了服务员,点了地道的酥油茶、糌粑、牛肉饺子。一暖瓶酥油茶,饺子碗大得像小脸盆。我一向爱吃奶味浓郁的东西,喝了不少酥油茶,又吃糌粑,接着对付牛肉饺子,也许我的吃相太差,服务员一直在边上抿着嘴偷笑。

服务员是个藏族姑娘,十六七岁的模样,黑红的脸上含着羞意,眼睛明亮,睫毛浓密,眨眼时真是好看。我与琴琴齐声称赞姑娘的美丽,姑娘又害臊又高兴,说从来没有人夸奖过她漂亮,她涨红着脸,低声说:"我不漂亮的,我不漂亮的。"

虽然如此说,她却很是高兴,客人并不多,于是她就一直在我们身边转悠,过一会儿就问:"姐姐,你们要水吗?姐姐,你们还要什么呢?"

老板是个四十多岁的中年人,有着藏族聚居区男人的沧桑面孔,他从过道上走时,回头看了我们一眼,服务员赶忙悄悄地告诉我们:"那个回头看你们的人就是老板。"在他再一次回头打量我们的时候，我笑着对他竖起大拇指，也许生意不多，他便过来与我们聊天。

古人云："白头如新，倾盖如故。"我不知道，这样一个与我们的生活从来不可能有半点交集的人，怎么会与我们突然这样相熟？不同的生活背景，不同的教育，不同的人生态度，总之，我们与他是两个世界的人，却可以无所顾忌地倾心相谈。

他说了他的家乡、他的家、店里的生意，而我们告诉他我们来的地方、我们的生活。

小伙计来叫他，他匆匆忙忙地走了。

时间漫长，窗外阳光恍如隔世，我抱膝坐在宽阔的窗台上，静静地看这大千世界：街道上来来往往的人，来自世界各个角落，怀揣着自己的心情、经历、希望，匆匆忙忙地走在这高原亘古不变的太阳下，在街头刹那相遇，又奔赴命运既定的方向，虽然自己并不知情，可这又是何等缘分？他们不知道，我的相机，还有我的心，却早已记下了一切。

正胡思乱想间，店老板急急忙忙地赶回来了，纯朴的他已经把我们当作好朋友，执意要陪我们逛八角街，只因为琴琴怯怯地问他："听说在八角街购物，卖东西的那些人很可怕？"我窃笑，琴琴也不知哪儿听来的话，也许是故意编的。

店里的客人渐渐多起来，我坚决反对他放下生意陪我们瞎逛，

一 向往远方

说了半天,他大包大揽、豪气干云般道:"你们一定不让我去,也行,不过你们别怕,这一带我都罩得住,有什么事,就找我。"

在老板招呼客人时,我们就悄无声息地走了,只说晚餐时再来,以为还有机会告别,但是逛好了街,就已经到了回去的时间。

回来后与朋友谈起西藏,我就会想起他,想起在不知名字的餐馆里推心置腹的聊天,彼此不知姓名,没有留下电话,但这并不妨碍我在心里把他当成朋友,这样正好,就像记忆里窗外可以沾染在衣服上的蓝天,像天空中倾泻下来的纯金一样浓郁的阳光,生命里那样一个简单的场景却隽永。

曾与友人聊天,不知怎样说到我,他说:"有时觉得你是能看得很淡的人,有时又觉得不是。"

我低头,微微笑道:"是啊,有时是,有时不是。"

想一想,我又说:"我本没有那样好,淡泊的生活态度不过是我努力的方向而已。"

我曾说过,我喜欢那些只静静坐着便有着一种氛围、周身散发着古玉与老银饰的光芒的女人,我要努力修炼,做这样的女子。但年纪渐长,便宽容了自己的狭隘、无知、虚荣、任性、幼稚、浮躁等缺点,完美固然好,真实也是好的,有缺点也无妨。

如今谁要问我想做怎样的一个女人,我会说:"温暖的、宽容的、平和的、自然的、真实的。"像藏族聚居区八九月的阳光——当然,我还做不到,这也不过是我如今向往的模样。

曾经任性骄傲的我,终于蜕变成了今天的样子,时间无限,无所不能,我虽然仍然喜欢白衣飘然的年轻的我,那么多年过去,依然能够看到年轻时脆弱又透明的部分:美丽却易碎。但我更喜欢今天自己的样子,经过时间的历练,慢慢地将胸襟打开。所谓宽容,不只是对他人,更重要的是对自己。你看,窗外的那些阳光,走在街心的人们,像海水漫过沙滩,我只是其中最普通的一个。

一 向往远方

又见古徽州

正是江南梅子初黄,细雨如丝牵动愁思之时,我撑着雨伞,第三次来到古徽州,这次去的是绩溪与歙县。一路江南山水在雾气弥漫中轻盈得像仙境,公路边的河水奔涌而下,一片浊黄,雨时断时续,但空气清凉湿润。

我喜欢安徽的民居,有一种淡泊清爽的利索,白与黑,精致的女儿墙与檐角,映在青山绿水中,像一幅幅山水图卷,徐徐展开,很是耐看,总让人想起赵孟頫《吴兴清远图》之类的画来。

这次在绩溪,看了胡宗宪旧居与龙川镇,无论是精致婉转的家宅还是恢宏大气的祠堂,转承启合间都有一种坚硬的精神在,端然、肃然,特别是在参观那些牌坊时,虽然是清平世界,朗朗乾坤,仍然重得让我透不过气来,暗忖:刻在这些坚硬石头上的名字曾经有什么样的灵魂?在曾经的江南梅子初黄、细雨如丝牵动愁思之时,她与他,又曾经有怎样的无边思绪?那些无边的等待,绝望的守候,是她内心的召唤,还是无奈的抉择?导游说,当地曾有六万多名节妇，留在这牌坊上的名字大多是因为最终家族里有人做了大官。

六万多个鲜活的青春、如花的容颜，就在漫漫的黑夜、黯淡的时光里悄然老去，不带走一片芳香的花瓣，悲苦的生命最后留下的只是一个数字。

最柔软的，是当年的绣楼。它虽然早已经在无情的风霜中黯淡无华，少了绿窗朱户的色泽、绣衣云鬓的芳香，但我还是在红色梳妆镜前久久伫立，那样纤细的腰，那样柔顺的发，那样含愁带笑的眼，在这重重深院中，如何像这初夏的蔷薇一样随风坠落？还是风化成了那样无情无语的石碑？

又想起那句：门前若无东西路，人间可免别离情。

在古徽州，民风淳朴，岁月悠远，有些人，有些日子，仿佛仍在无数年前，时间已经不再重要，可以用来雕刻那些繁复的花与草，在石上、木上、砖上，让那些平淡无奇的石头、木头与砖块变得有了生命，让人惊艳与赞叹。在歙县，我买了一个重得抱不动的歙砚、一对红木雕花镇纸、两块有淡雅香味的唐墨。

那边百姓也很是风雅，连开店卖旅游用品的老板都在店里画山水。半开的院落里开着百合，在一个锁着门的小院落门上，我看到一个小牌子，上面写着《梧桐别院》，开门九件事：焚香、读书、吃茶、写字、画画、会客、聊天、省悟、睡觉。虽然太静寂了一些，但这是何等风雅？要是我，肯定会加上喝酒和听琴。

一 向往远方

南浔 停在江南荷叶上的蜻蜓

南浔的好，在于安静，自然与悠闲。

我去过其他的一些古老小镇，近些的西塘与乌镇，远些的宏村与凤凰，诸如此类。可惜的是，那些美丽的小镇挤满了来自各地的游客，那些廊屋与吊脚楼早已经成了商铺与客栈。在那些镇子中，在喧嚣的人群中寻找久远的以前，只能仰望天空，从那些古老的屋檐间蓬勃生长的茅草与砖瓦里雕刻的故事中看到寂寞的过去。

当你在百间楼的雕花木窗间看到黎明微微的光线时，门前流水之上已经有船儿轻轻划过的声音。

推开窗，风哗地吹起窗帘，花香拂上脸庞，岸边明黄带绿的垂柳也扬了起来，金色与红色的落叶在水面上漂在一起，漫到对岸。对岸是夜晚精灵们过河的桥。白日渐渐明亮，已经能看清青色的屋檐、灰色的女儿墙，墙头上爬山虎凋零了大部分，留下了几片红艳艳的叶子。

一 向往远方

浔溪穿镇而过，晨光里一片水色，小莲庄、嘉业堂、张石铭故居等一一在晨光里露出精美的轮廓。沿河古朴的石拱桥边与廊屋里，人们陆陆续续地起来，人的声音也越来越多。开门开窗的声音是古老的，洗漱、相互问候、生炉子、摇扇子的声音也是古老的。居民们悠闲自在，他们生活在这个美丽的古镇，如鱼生活在水里。

沿东大街而去，过五福楼、大庆楼、天云楼、长兴馆、大陆旅馆、野荸荠茶食店以及洪济、通济两座大石桥，便可以到达民国奇人张静江的故居和百间楼区域，庞宅、金绍城故居及东圆、宜圆遗址等也在附近。百间楼古宅住宿是南浔古镇区别于其他古镇的最大特色。它是一座傍河而筑的骑楼，楼前连披檐，有封火山墙、三叠式马头墙、琵琶式山墙等各式各样的山墙，高低错落，情趣无限。

市河及其两岸的南东街、南西街，散布着张石铭故居、刘氏梯号、南浔丝业会馆、求恕里、南浔史馆、江南丝竹馆、广惠桥等景点，曾经的繁华之地，会有多少来来往往的商人与游人匆匆而过？乌瓦粉墙，骑楼长街，河里船来船往，直通运河，通过湖州、苏州，将辑里湖丝与江南诸物运往世界各地。而鹧鸪溪畔的小莲庄、嘉业堂、文园，碧水环绕，树木森然，莲池诗窟，书藏天下。嘉业堂藏书楼，因清帝溥仪所赠"钦若嘉业"九龙金匾而得名。该楼规模宏大，藏书丰富，原书楼与园林合为一体，以收藏古籍闻名，是中国近代著名的私家藏书楼之一。如今，镇里还保存着众多明、清时期的古桥及大量的百年名木古树，不由得让人遥想当年，重门深院之间,杏花楼阁之中,素手红袖,一卷诗书、一杯香茗的悠闲生活。

沉醉的清晨,没有人理会我这个格格不入拎着相机的人。他们视若无睹的样子,让我怀疑自己是不是已经透明。隔岸拉着家常的两个女人聊着谁家孩子的亲事,带着一点无奈,也带着一点热心肠的焦灼不安,一群鸽子哗啦啦越过她们,迅捷而潇洒,明亮的鸽哨拖曳着,像彩带一样划破清晨微微沉闷的虚空。

花在开,空气无比清新、微寒,天空和水面都在发光,除了我,没有游客,没有店铺,没有古镇之外的一切。

美丽夏宫 罗布林卡

清晨,天气难得晴朗,蓝天如洗,白云朵朵,我们往罗布林卡而去。罗布林卡是历代达赖的夏宫,景色秀美,浓荫蔽日,草坪上有细碎的光斑摇摇晃晃。

沿着窄窄的石路走去,静水楼阁,隔岸花草,高墙下的杏树上沉甸甸的金黄果子,落了一地。一些不知道是家养还是野生的鸟儿,或悠闲觅食,或自在飞翔,而色彩斑斓的屋宇隐藏在明黄院墙与高大乔木之后。

慢慢走着,林子里有淡淡的青草气息、湿润的凉意,还略加些草木腐朽之后散发的淡淡的霉味。野菇从堆积的落叶中撑出它们白色的伞,有妇人在草丛中捡拾着什么,也许是杏子,也许是蘑菇,也许是花朵。

树与树之间居然开着一个小店,卖的是手工唐卡,据说是庙里僧人的手工,描着金线,精致无比,价格却不便宜,想起来西藏前,小姐妹丹和瑛鬼笑着对我说:"我们什么都不要啊,给我们一人请一唐卡就行了。"原来是敲竹杠。

　　罗布林卡并不大,却有一种皇家的高贵与清雅,在尘世中却远离一切尘嚣。

　　从罗布林卡出来,仰望天空,如此湛蓝与明丽,映出白杨树历尽沧桑却依然挺拔的树干,它们是宁静的智者,一直面对红尘劫难,却始终远离人世间的一切纷争与忧患。

一 向往远方

纳木错　直达心灵的圣湖

计划到纳木错的那一天，下了一夜的雨，早上出门坐车，雨还没有停的意思。因为行程安排得紧，所以不顾下雨依然出发。

路上景色依稀认识，记得从机场出来时就是被这一带清丽的景色吸引。车继续往前开，海拔渐高，景色渐渐开阔，四面青山环绕，近处一带碧草，云霞满天，开阔处可见碧蓝的天空，路边还有油菜花零星开放，马匹甩着尾巴吃草，村庄在花海的后面。蒙古包、藏式民居散落其中。

雨渐渐止了，过一个加油站时，我们稍事休息，抬头一看，围墙后层层叠叠的灰云白云之间，隐约可以见到一个闪闪发光的银色山尖，雪山啊！我们指点着山体惊叫了起来。

又往前开，一路看去，雪山连绵不绝，云层后的阳光散漫，草原因为阳光而色彩绚丽，从鹅黄到深黛，深浅不一，层次丰富，牦牛与羊群像珍珠一样的撒了一地，而草原后的山脉线条温柔，高处的积雪像白银的头饰，在阳光下闪闪烁烁地摇动。

在内地从没有看过这样千变万化的云,有的一直垂挂下来,丝丝缕缕,像牧女裙子上的流苏;有的洁白温暖地卷着,像新剪下的羊毛。也有的像水墨洇开,渲染得不露痕迹——而最重要的是它们离我如此之近,仿佛触手可及,让我们相信这儿一定是离天堂最近的地方。

一路看景,公路平坦,行人稀少,汽车也很少见,因为视野开阔而觉得心旷神怡,我顺口就表扬司机开得稳重缓慢,所以不用像去林芝那样辛苦,坐在前排的人哗地笑了出来:"开了140码,你还嫌慢?"

越往上走,空气越是清冽稀薄,寒意顿生,司机道:"快到纳木错了。"抬头看到高处有一红色山峰,也许是因为海拔太高,石质裸露,寸草不生,山势奇险,颜色艳红,有一种奇异神秘之美。山峰下有一谷口,有几辆车停着,我们也停了下来,一下车,风吹得又紧又密,我刚穿上的棉风衣被轻飘飘地吹了起来。谷口立着一块大石碑:纳木错,海拔5190米。

走到谷口,往山的另一面望去,是一派蓝到极处的湖,晶莹朦胧,给我无法用语言形容的震撼,这样的蓝色也许只有天堂才可能有,站在高处,俯瞰这一片蓝,我很想有一双翅膀,从这儿开始飞翔,直到那蓝色的湖边。

风吹着我的衣服,吹着我的头发,吹着我渴望飞翔的心,那样轻,那样远。

一 向往远方

车又继续往前走,海拔在下降,最后终于来到一片平坦的草原上,牧草浓密,山色晶莹,褐色帐篷里炊烟袅袅,让我一次次想起天堂。谁与谁并肩纵马,踏草百里牧牛羊?谁家的酥油茶香过了人间一切的誓言与承诺?又是谁家的花牛白羊一直走到白云间?如此简单明了,却有万般美丽,谁又及得上?

又遇雪山,亮晶晶的连绵在草原的后面,而越来越近纳木错的蓝色,侵蚀着雪山与天空,使它们全带了一种蓝莹莹的清透。

纳木错终于到了,车还没有停稳,我们就扑向湖边。湖水清澈到极点,近看有一种动人心弦的绿意,湖对岸的雪山掩蔽在白云中,时隐时现,有云雾从水面上卷起来,像轻纱一样,流畅地转了个弯,一直没入积云中。

湖边有供人拍照的白色牦牛与马,狗在砂石路上呼呼大睡,拖鼻涕的藏族孩子跟着人走。

那样清澈的水,可以洗涤灵魂,也可以洗去往日的忧伤与痛楚。我看到一个带着转经筒的老人,在河边洗她的铃铛,黄铜的铃铛在阳光下像金子一样闪着黄澄澄的光,还有个老太太在河边不停地弯腰,不知道在捡拾什么。跑近一看,原来是白色的石子。河边有些玛尼堆,捡石子是为了祈祷吗?

一个拖鼻涕的六七岁孩子跟着我不停地说:"扎西德勒!扎西德勒!"我很愕然,问她为什么跟着我?原来是要钱。想想有点辛酸：这么大的小孩，要是在内地，正是刚要上学，捧在手里怕摔了，含在嘴里怕化了的年龄啊，他们却要在这砂石地上追着陌生的大人要钱。

奇怪的是，自此之后，总是有小孩子盯着我要钱或者卖东西，无论是在纳木错还是在其他地方，而一起去的其他伙伴却没有这样的麻烦。琴琴就在我身边，他们就是不找她，而我最后总是因为再也没有了零钱而要别人替我收场。

一直往前走，美景当前，相机拍个不停，男同胞早走远了，我与琴琴才走了一大半，她突然说："我们回去，好不好？"

我愕然，怎么也不答应："开了那么久的车才到的，怎么才走了一点就回去？要不，你等着我，我去那边拍了照片再一起回去？"

琴琴说："要么一起过去，我不愿意一个人待在这儿。"

走到半岛尽头，我又想绕过去走，琴琴说："我们回去吧，再走下去，也许我就休克了。"

我吓一跳，原来她是高原反应啊，赶忙与她慢慢往回走，回到我们的汽车前，两人坐下休息，我从拍照的兴奋状态平静下来，突然发现自己恶心想吐，半天也缓不过来，想想有点后怕：幸亏回来了。

离开纳木错时，天色渐晚，茫茫草原一望无际，黯然的夜色从草原一角慢悠悠地散开，像一张捕捉阳光的丝网，我坐在车中，抱

一 向往远方

着我的相机，心绪苍茫，这样美丽的地方，一生也许只能来一次，就像是一场只做一次的梦，而只有怀中的照片，能够证明我来过。纳木错，也请记住我。

春深如海看林芝

包括小导游,满满一车七人,向林芝进发。听说林芝是西藏的江南,海拔比拉萨还要低,去时心里就没有什么负担,坐上车后,我才知道从拉萨到林芝路途遥远,中间要经过海拔 5000 多米的米拉山口,所以行程才安排了两天。

路途遥远,那车子要坐多久?果然车子开了十多个小时,一是限速,二是我们还下来拍照和吃饭。

沿途风景绮丽,车出拉萨就遇一宽阔水域,天蓝到无穷,白云又浓又厚,罩着远山青黛,一片片翠绿的滩涂和草原间夹杂着美丽的民居、悠闲吃草的牛羊和马匹,金色的青稞地里有劳作的藏族群众,远远只看到他们鲜艳动人的衣服迎风飞扬。

那些藏族的村庄,门口与窗台全是明艳的鲜花,而人们悠闲地四处晃动。世界如此安静美好,可惜我不能留下来,我只是一个匆忙的旅人。路在往山上延伸,蜿蜒曲折,看上去平整的公路,坐着却感觉汽车像一只青蛙,一直在跳跃着前进;人像是坐在弹簧上一

样一起一落，永远不能坐到实处。

越过米拉山口时，车子做了短暂的停留，我们两个女人不能免俗，夹杂在人群中留影。风寒入骨，风中有细小的雪丝，小到不能察觉，一沾到就化了。那种彻骨的冷，即使我穿了羽绒服仍然抵挡不住。我还看到山口的石板上堆放着大朵大朵的新鲜雪莲，而山上早已经没有了树木。

过了山，车又往下走，越走风景越好。一路陪伴我们前行的是激情澎湃又细致宁静的尼洋河，它时缓时急，飘扬变幻，有时光滑明亮得像淡蓝缎带穿行在山口，有时又宁静脆弱得像薄薄的蓝绿琉璃。沿岸高山陡峭，浓密的植被看上去如丝绒一样，隔了云彩的散乱阳光照过去，有着毛茸茸的质感，白云有如哈达，奢侈地丢得满天满地都是。

渐渐地走到了原始森林区，路边的松树又高又瘦，古意盎然，挂着飘飘扬扬的大胡子。又往前走，我们看到路边有满山的高山杜鹃树，想象着在五月杜鹃花开时，这儿一定漂亮得不成样子。

到鲁郎林海南迦帕瓦峰时，已经是下午五点左右，幸喜西藏天黑得晚，所以看上去仍是下午。这里海拔很高，云层很厚，天光从云层中泻下，照得大片的原始森林郁郁葱葱。也许是太晚了，这一带几乎没有其他游客，几个藏族女孩子用高亢清亮的声音对着远处的群山唱歌，那样明亮的歌声，听起来像透明的翅膀，一直向远处飞翔。

　　女孩子们的脸色黑红，却长得端庄美丽，当我们换上藏族服装拍照时，她们全围了过来帮忙。我们只觉得冷，但是回来整理照片时才发现，天空中也有细细的雪，小得像一根根带绒毛的针。

　　雅鲁藏布江的源头与尼洋河的汇聚处在远些的地方，云遮雾绕。夜宿林芝，一夜安稳，这一觉终于睡了五个小时以上。

　　清晨起床时，云雾像厚厚的被子，裹着仍然沉睡的林芝，我们又在路上。自由行的好处就在于可以随时停车，拍摄那些美丽的风景。话虽这么说，其实有许多风景优美的地方还是不能停，不仅仅是时间，风景好的地方往往险峻，车不能停。

人生这一场旅行

列车在广阔美丽的原野上行驶,画外音是一个凝重的男声:人生就像一场旅行,在乎的不是目的地,而是沿途的风景与看风景的心情。我总想起这个很有诗意的广告。

这次青藏高原之行,我要感谢我的旅伴,一起看风景的人。早在进藏之前,稳健的黄同学早已经安排好了旅行的线路,一路上,学识渊博的他又给我们恶补了许多我们所不知道的地理知识及风土人情,还有拍摄技术。

我与琴琴,都是没有独自出过远门的笨女人,又带了一大堆行李,我知道无论我们如何努力,我们的旅伴无疑还是担着风险的,因为只要我们之中有一个生了病,其他人就会为此改变行程,甚至提早回家。

我们在努力,忍着高原反应,每一天清晨都早早起床,像孩子一样活蹦乱跳地出现在同伴面前。我们不说昨天晚上只睡了一个小时,不说昨天晚上流鼻血了,不说胃不舒服而整夜找东西吃,只是说：“哈哈，我们今天全好了！一点反应也没有了！"

在接近生命禁区的地方，那些风景绝美的奇险之地，我发疯一样地拍照，每次停下来时就会喘息不定，特别是蹲下来拍野花时，喘得对不准焦距。

男同胞比我们担待得要多很多，我知道他们有比我们更严重的高原反应，看过去眼睛像兔眼一样红，甚至有一次吃过饭，我们发现一位男同胞的手变得乌黑，很吓人，但是他们什么都不说，只说："还好，还行。"他们仍然在照顾我们，在我们太忘乎所以时提醒我们。

他们什么都没有说，但是我们懂得，其中的隐忍与坚强正体现了那种男性的责任感与担当。

性格中闪亮与美好的部分，像深埋于地下的矿石，经过考验才能让人看到他们的光彩熠熠。从布达拉宫回来，黄同学病了，我们送体温表过去时，他在床上发冷，看上去很不好，他冷静地说："没关系，我躺一会儿就好了，不用去医院的。"

琴琴曾经是医生，她熟练地给黄同学量了体温，便立即取出退烧和消炎药。我在一边，却想起临行拉萨前朋友的种种嘱咐，那些关于感冒的危险说法。在这个小团体中，我一向随意，但是这次我却坚持让黄同学立即去医院。

也许是因为琴琴处理及时,也许是因为黄同学超人的意志发挥了作用,总之到了医院后,烧就退了,他安慰大家,笑着说:"我已经恢复了,身体壮得都能够上珠穆朗玛峰的。"检查了血象,没有大问题,没有输液就回了旅馆。旅程原本安排第二天到林芝,大家商量着要取消行程,但第二天一早,高烧初退的黄同学便精神抖擞地站在大家面前,说:"我们出发吧。"

我们谁也没有多说话,因为黄同学是我们这群人的首领,"言必信,行必果",大家都听他的,没什么好争的。

到林芝的一路上气温不定,一时下雨一时晴,途中还要经过海拔 5000 米以上的米拉山口,黄同学为了不耽误大家的行程始终一个人撑着,我有时担心地看一下他的脸色,微红,好像还有体温的样子,但自始至终,他坚持下来了,那种坚毅与镇定让人心生钦佩。

以为黄同学是要住院的,那天晚上我与琴讨论说,我们至少到了拉萨,看过布达拉宫与大昭寺,已经算是来过西藏了,要是黄同学烧不退,我们就不要耽误,一起回去吧。琴琴说:"他要住院的话,我陪夜,你们休息吧。"

虽然人在旅途,也算是共患难了,琴琴的侠义也让人感动。

人生也是一场旅行,孤独的旅行。一个人行走在时间的荒野里,谁也不能自始至终地陪伴我们走过一生,甚至我们的父母、伴侣、子女——能陪伴我们走过的,也不过是一程。

一 向往远方

对此，我充满感动与感激，感谢我的亲人，我爱过的人和爱过我的人，过去的和现在的朋友，人生因为有了一同看风景的人，才变得丰富而美丽。我自然知道，天下的风景不能看尽，同行的人也可能在岔路分手，但曾经的美好，我依然会记得。我希望我的目光能够省略很多艰难和苦涩的日子，省略痛与伤害，像我的相机镜头一样，只留下美丽的风景，等我老年时，在树荫下斑驳的阳光里，在摇椅上，含笑回味。

花团锦簇大昭寺

对藏传佛教,我一无所知,所以初到大昭寺时,一眼看到的只是寺院里开得灿烂的花。阳光下,那些花儿轻柔透明,娇弱得令人怜惜。

之前也看到过许多名刹古寺,种的花多半是菊、梅之类,恰好配得上寺院的森然,宝相庄严,让人景仰而不能亲近,而大昭寺,那样多草本的花挤在一起,有一种凡俗人世的喜悦与随意。

虽然整个寺庙也不小,殿堂却不空旷,佛像雕刻也并不高大,在酥油灯的光晕里,很近。

在庙中不太起眼的一角,导游特意给我们介绍了一个粗大的黑色檀木柱子,它是沉静的、简陋的,被无数双手摸得失去了原来的样子,但是却有一种神秘的力量,特别引人注目。导游说这个柱子叫牙柱,那些磕长头朝拜的信众,有许多最终没能到达想去的寺院而半路夭亡的,同去的人将他们的牙齿钉在这个柱子上,也就是将他们的灵魂带到了目的地。

一 向往远方

我轻轻地触碰了这个柱子的一角,又将手缩了回来,不是害怕,而是怕惊扰了这些虔诚的灵魂,他们终于来到了一生向往的地方,一定很幸福吧?所以,别让我凡尘里充满了忧伤的手指,触碰到他们虔诚的灵魂。

在汉族地区,一般寺院的殿堂都是一层的,而这个寺院有三层,我们跑到屋顶上,天空触手可及的近,越过金灿灿的柱子,远处的布达拉宫端庄地倚山而立,美轮美奂。

我在寺庙的一角拍照,惊叹这建筑的华美精致,朋友说这样的寺庙集中了藏族人民的财富、智慧与文化。

几个人在寺院失散,我们坐在楼下出口处,其他两个在二楼上等了好久。一个楼梯,仿佛就是时间之河,我们想着就在出口处等,他们总会下来吧?而他们守在约定的地方,比我们更有理由。而最后是我上楼一眼就看到了他们。

人世间也有许多这样的等待与错过,所以总是说到"人生多歧路"这句话。好在灵魂虽然孤独,最终却会找到自己的目的地。

在高原,朋友问我:"为什么你在留影的时候总是作飞翔状?"我笑答:"因为远离尘世,我心飞扬。"

我心飞扬,活了这么久,第一次看到这么蓝的天,这么白的冰川,这么清的水,这么绿的草;第一次这么纯洁,这么心怀惊叹与温柔。

远离尘世，无论曾经在生活中多么重要的东西，红尘里的爱与牵念，痴与嗔，如今都离我这么遥远。双手怀抱世界，我是雪域上最洁白无辜的羔羊与最勇敢的鹰。

给我一双隐形的翅膀

我喜欢广阔无垠的景色,就像喜欢宽广的胸怀和无邪的心灵。青藏高原是我从少年开始做到如今的梦,蓝到无穷,远到无际,深埋在日渐老去、日渐浑浊的眼里与心中。不是没有计划过去西藏,但总是以"破产"结束。那样远的天地,对我这样不太出远门的人来说,无疑是神秘到可望而不可及的,带有一点点恐惧和惊奇,像一份离经叛道的爱,无法丢弃却也无法收拾;也像一根年久月深的刺,稍一触碰,就会有一点痛、一点痒、一点甜。

买好了飞机票之后,总有关心我的朋友打电话过来说:"你这样的身体,心脏又不好,能行吗?别去了,行吗?别去吧。"

全是亲身体验,说出来,有很深的"寒意"。有大学同班同学进藏,被压在泥石流中的;有与同事一起进藏,同事感冒了才两个小时就无力回天的;有亲眼看到游客上山太快,回到山下就不行了的……总之,上去时鲜活的生命,转眼凋零,回来时只是一只伤心的盒子。我轻轻叹息:"那个盒子中,仍有飞翔的灵魂在吗?"

但是我还是要去，虽然有点害怕，却没有丝毫动摇，完全是一个中了高原蛊毒的女人。生命本来就短暂、脆弱，如果就这样融化在高原洁白的冰川里，也没有什么不好，况且他们所说的全是很久以前的事，只是偶然而已。我们不会。

还是有压力，仿佛提早有了高原反应，心脏也仿佛有点不适，甚至好像有点感冒，总是晕乎乎的样子。心却像镜子一样清明。那些进藏最后却终于没能够回来的人，也不知是不是有预感？

找了一家旅行社买了几份旅游保险，如果我真有什么事，母亲与女儿也许可以借此生活下去。我给女儿写了一封信，放在通常放存折的抽屉中，写着所有存折、信用卡密码、保险、基金诸如此类，并将存折及信用卡交给母亲。

临行的前一天，几个朋友在浙北给我饯行，笑着说："你一定行。"却又道："要不行，就马上回来，我们给你洗尘呵。"

工作交给了年轻的同事。临走的一天，我上街买了许多菜，塞满了冰箱和冰柜。还有些时间，便替女儿补缀撕了小口的书包，一边交代她这样那样的事。女儿突然眼圈红红地抱着我说："妈妈，你别搞得生离死别的样子嘛！"

"没有，没有啊，只是要你乖么。"我笑着说，心里却酸极了。

女儿送我出门，一副严肃的神情。她奋力拿着我的旅行箱，不让我拿东西。走的时候母女相拥，我心里百味杂陈，突然就想到：

一 向往远方

不去也罢，我又何苦？一眼看去，江南绿水青山，黛瓦素墙，皆是留恋，多看一眼便是一眼。

到嘉兴和琴琴一起走。早晨，她丈夫朱先生开车送我们到上海浦东机场。分别的时候，朱先生郑重地对我说："小丽，我和琴琴说过几次了，再和你说一次，你一定要记住：你们两个，无论是哪一个感冒了，或者有高原反应，两个人一定要立马给我飞回来，一定记住。"我像小学生一样乖乖地回答："噢，我知道了。"

琴琴给我母亲打电话，信誓旦旦道："阿姨，我会照顾好小丽的，她的相机，三脚架什么的，我也会替她背的。"说得豪气干云，我暗想，检察官走南闯北的，硬是把个娇娇女练成女强人了？谁知一到机场，才知道她和我一样，从不出门，硬是两眼一抹黑。

因为不常出门，我们两个犯了同一个不可饶恕的错误，给自己和旅伴及以后的旅行带来太多的麻烦：我们带了太多行李，恨不得将家也搬到西藏去。比如我，带了满满一旅行箱衣服、杂物，一个双肩包，一个相机包，外带一个五斤重的三脚架。而琴琴，她带了一大堆在高原上毫无用处的漂亮裙子。

清晨五点出门，西宁换机，到贡嘎机场时已经是下午三点。我们很幸运地轮到了靠窗的座位，两个很少出门的女人在飞机上一惊一乍，惊叹不已特别是在云层中看到舷窗外碧绿的湖泊和晶莹的冰川时，尤为如此。阳光从机翼一侧晃得眼睛痛，机翼下的一切如梦幻般闪闪发光。

百转千回江南路

素素从远方来,慧姐姐约我一起游下渚湖湿地。德清本是赵孟頫夫人管道升的娘家,如此渊源,还没去,心中就有了温暖的向往。我想起聪明如管道升的《我侬词》,如水深情与才气藏匿在浅淡平常的字句里,好在她丈夫终于懂得。看到赵夫人与丈夫、儿子三人合作的墨竹图轴,一门三竹,清俊秀美,却又各有风姿,如此和谐温柔,让我悠然神往:人生至此,夫复何求?

我小时候每一个暑假都住在德清城关舅舅家,所以对德清是无比熟稔亲切的。一直住在南浔与菱湖,也俱是枕水人家,镜上日月。但船儿渐入下渚湖山水佳处,有如打开赵孟頫的《吴兴清远图》,原生态的风景,还是引得我目不暇接。山色清淡柔和,是浅黛的底色,岸上风景线条柔美,风送来水的清香。船儿摇晃时,水中静静的树影时聚时散,蓼花一片粉红,苇花的白色里有微微的紫,白鹭丰美端然,见人只是懒懒回首,静如处子,刹那间却翩然而起,一时飞过胜雪芦花,衬着浅灰的天,它的翅膀只是悄悄地碰了一下,我寂寞的心就系下了千千愁结。

向往远方

百转千回的水路被苇子掩映，一群深红色的鸡兴冲冲地奔跑在临水的堤上，它们身后是漫无边际随风飘扬的苇花，衬着远处的竹叶青青。一只小野鸭嘴里叼了一条不小的鱼儿，越过我们的船头游回家去，它目不斜视，亮晶晶地游向那丛开着幽蓝花柱的凤眼莲，碧绿的湖水被彩色的羽毛一路分开，没想到小小水鸟也居然这样端然大气。

舴艋舟，双桨翻飞如翼，摘菱人悄然而过。鱼跃水面，各色水鸟时起时落，万籁无声，只有水声与鸟鸣。

船停在一片大芦苇荡里，我们在竹楼里喝三道茶，吃当地产的笋干、烘青豆、冬枣、水菱。边喝边听懂茶的慧姐姐说起这三道茶：第一道是少年时光，喝时有甜有香，有青春的浓烈；第二道有如中年的负重，有一点点苦，有一点点涩，回味却是温存的甘甜；第三道是淡茶，是人生静静的暮色，是理解也是平和。如此说来，这茶，有分量。

我好动，拎了相机在芦苇荡里乱拍，停下来喝茶时发现四周突然静下来了，天地间只我一人，满耳风声，是有形的流苏，有光在芦苇洁白的梢头，若要看时就晃得眼睛痛，世界在芦苇后面，人语声在世界之外。山水清远，人在画中，只是以前年轻并不知斯之好，我心中满是欢喜，经年的风声雨声洗去了年华，也洗去了心中的浮躁。

中餐的丰盛超乎想象，几乎全是洁净的湖中土产，座中朋友沈教授虽是稳重的人，却说出让人失笑的话："我吃了几十年鱼，从没吃过这么好的鳜鱼。"我忙得说话的空儿也没有，低了头就忙一个字：吃。

刚才还有说有笑的素素突然黯然，什么也吃不下，怎么劝她也没有用，因为吃过饭后就是分离，而她的心敏感脆弱如琉璃。平芜尽处是春山，行人更在春山外。人与人总会是缘起缘灭，却又藕断丝连的。

记得《红楼梦》中宝玉喜聚不喜散，黛玉喜散不喜聚，我想皆是因为不忍吧，所以分开时，我只是傻傻地笑，折柳相送不如再约心期，幸亏我们还有下渚湖，这样明澈爽朗的下渚湖。

一 向往远方

Xiangwang Yuanfang

家住苍烟落照间

在徽州,天空蔚蓝,在古老的檐头与女墙之间,有大朵的白云悠然停栖。

每每这样抬头,我就远离了身边的红男绿女们喜笑颜开的脸孔,风从我宁静的额上徐徐而过,回到古代,清或者明,宋或者唐。

尘埃间的七色店铺里,还有着那样静的小屋,只有我一个顾客散漫无意地看,抿着嘴的中年店主,只是淡淡地打量我,并不作声,些微的黑暗中,银的发簪,玉色的镯,发着黯淡的光,还有雕工细致的砚,尚未完工,却并不急,负一把刀,一任时光从砚石之间缓慢而过。而沉静的徽墨,是一段不能捉摸的日子,在此之前,是山间的一株老松吗?研开之后,又将写下怎样的诗词?

我轻衣散发,眉间有解也解不开的愁绪。

从砖雕精巧的宅门望向天空,阳光透过来,已经不太明确,光晕里朦胧的一脉。门口淡灰黑的墙门外,隐约有鸡冠花开着,古色古香的朱砂红,有一种刻意的凝重。

讨四季口彩的木格格窗,刻花白铜锁,文房四宝,百子千孙的粉彩瓷罐。红色木壁上水汽涸漫的条幅,画着朴拙的山水。黑色廊柱下的大块原石地砖闪闪发亮。

以前,我总会做这样的梦,好像还在小时候,一个人走过一条长长的挂着字画的回廊,来到宅院深沉的府第,四面合围的天井里种着莲花与梅,依稀记得我的家就在这儿,很着急,寻很久,从一个个雕花檐柱下望过去,却总是发现走错了一个院落。

这样的梦反复地做,有时就疑心,也许真有这样的地方,自己也曾经在这儿生活过。

出生在南浔,小时候住的房子也是雕梁画栋,但却不是梦中的地方。记得走过大门还要走过三四个月洞门才可以到家,月洞门之间的院子里,种了各式花草与果木,还有一棵看不到树顶的广玉兰树,夏天的晚上,成群结队的麻雀在树上叫声一片。那时家里吃饭用的是花梨木的八仙桌,窗台大得可以让我在上面午睡,地板之间的缝隙里,有时会有蟋蟀的叫声传出来。

爬上厅堂里巨大的红木太师椅,我开始歪歪扭扭地学念唐诗,厅里黑色的大块地砖,是我画画的地方。

直到我来到母亲所在的菱湖上学。

一 向往远方

所以这样古老的房子对于我而言，总是有很亲切的感觉，如果忽略不计这人声鼎沸的氛围。

在人声里，总听到有人在说："前世不修，生在徽州。"我心里一怔。

想一想，大约是在说徽州的女人们吧，牌坊虽然好看，但名字被刻在上面的女人，明月残灯中，在漫长无望的等待老去的时间里，在这不开窗户却高耸入云的封墙的重重深门中，谁又能听到并且在意她那心底的一声叹息？

宫花寂寞红。在民间，又何尝不是如此？

一念回转。我们真的要庆幸生在当代，可以选择爱或者不爱，相守或者离开，可以温顺也可以恣意，甚至可以蔑视一切自己不喜欢的。

夜色里的宏村，有一种寂寞的美丽，家家闭户，只有几家小店开着，弄堂里只有转角处点了一盏暗暗的灯，云絮裹着明月，在高远无穷又深蓝透明的天上，很远，又仿佛只是挂在檐上。

有水流的声音，舒缓轻冷，间或有一两声狗吠，自己的影子映在条石上，时近时远。有人就近拉开了门，灯光泻了一地，哗地一盆水倒出来，又关了门，夜色依旧，让人疑心正在发生鬼魅故事。

素月分辉，明河共影，晶莹的夜色里，我在宏村。

人情温暖的湘西芷江侗族自治县

到芷江去，不仅仅因为那儿是个美丽的地方，还因为女友静的先生的一个大学同学在那儿，因为我们要去，她取消了长假到巴厘岛的行程。

未曾见面先已感动，但一路上我们三个女人还是嘻嘻哈哈空穴来风地审问那位男士：那个来接我们的女同学"一号女主角"，长得漂亮吗？当年是彼此喜欢过还是她暗恋过你？真的只是普通同学？真的假的啊？

我们在高速公路下洪江站时，远远看到一辆车，车边站着一个紫色的窈窕身影：萍和她的先生已经等了我们两个多小时了，又感动一次。

山水清远的芷江养育了美人，和我们同一年参加工作的萍儿看上去年轻美丽，最让人羡慕的是她拥有中年妇人很少见的好身材，时尚而有气质。我们去的三个女人都已经微微发福，便由衷地赞叹不已，她的先生朴实和气，只是憨厚地笑着，很可爱。

向往远方

她很大方,很健谈,又一步不离地全程陪我们,更因为是同行,所以很快熟了。

知道她的先生是侗族人,他们居然是指腹为婚的夫妻。能干练达的她与憨厚随和的他的婚姻,从她不愿意到风雨相随几十年,其间波澜起伏,点点滴滴的细小故事,只在他与她的心间。

在芷江的游程,贯彻始终的一个字是"吃",吃遍了湘菜的精华,最后只记得一个"辣"字。从清晨到晚上,不知道是在游玩的空隙里吃喝,还是在吃喝的空隙里游山玩水。记得最夸张的一餐晚饭,甫一上桌尚未开吃就要连喝五碗高度白酒,碗比我们的饭碗稍小些,大约每碗有二两,我们几个女人吓晕了菜,赖着坚决不喝,最后是女友的先生连喝了五碗。他是做酒生意的,喝了那么多倒也没事,他的一个大学校友却一直在晃,斜站着,我担心得要命,就怕人家摔坏了。

芷江有着世界上最长的廊桥——龙津桥,萍自小就在桥边的吊脚楼下玩耍,在桥下游的河埠头洗衣洗菜——她轻声细语地回忆着,而当年的河埠上,洗衣洗菜的人宛如旧时。

芷江虽然是个小地方,但是有着历史上的辉煌与骄傲,芷江有日本受降旧址和飞虎队机场。我之前并没有很了解飞虎队与陈纳德将军,这次看了当年飞虎队的旧址却深受感动,大山腹地的机场、指挥的楼房,甚至俱乐部有5000多名年轻英俊、朝气蓬勃的美国飞行员，在抗日战争中，将他们宝贵的生命留在了中国土地上。

最后特意去朝觐了一棵长了2000多年的老神树，据说这棵树很灵验，我许下了自己的心愿，希望以后能够回来还愿啊。

第三次感动是萍和她的先生，不辞路途遥远，开了车一直送我们到凤凰城，后来知道他们回程遇到了浓雾，山路难走，他们到家时已经是深夜两点多，湘西人的重情重义，我算是领教了。

一 向往远方

Xiangwang Yuanfang

碧海金沙　海上生明月

古人说"爱山者仁,爱水者智"。我爱海,却只为了两个字:漂泊。

对于我而言,海是陌生的,但又是魂牵梦萦的。我不知道是不是因为我喜欢"漂泊"这两个字,就成了一种宿命,仿佛注定了这一生我要拥有一份漂泊的心情,安定平和当然是极其美好的,但是人生无从选择。

我向往过这样的职业:海员、考古者、植物学家,甚至在原始森林里当伐木工,开着高大无比的机车运载很大很长的木头。这些都是不安定的工作。长大后却做了最呆板、稳定的公务员,在一个小镇上一呆几十年,但我心里还是喜欢荒凉广阔的景色,从小到大,我也从来没有想象过自己是白雪公主或者美人鱼。

我爱动荡不安的、漂泊不定的海洋,像未知的、神秘的命运。

下决心带女儿去海边,实在是因为太累了,身心俱疲。约了一

一 向往远方

大群男男女女，最后因为各种原因跑得差不多了。

到嵊泗岛时是中午，下午游泳，晚上又跑去吃海鲜，回来后，几个人全累坏了，所以安行问"谁和我一起去海边吹箫"时，只有我一个人响应。其实我们就住在海滨浴场附近，离海就几步路，我们俩一人扛一支打狗棒一样的长箫，我还背了相机，趿着拖鞋，吹着口哨，张扬无比地出门。

正好是当月十六，走到沙滩时，天上圆月如镜，海浪、沙滩像小时候看到的书上所写的"全镀上了银边"。海上吹来的风很软很温柔，但是风里夹带着细小的沙子，我只是将相机拿出来晃了一下，相机就灌了沙。我们各自向两个方向走，走一会儿，我就坐在松软的沙砾上，仰望明月。想起《春江花月夜》中的句子，心旌动摇，也想问问这海上的明月又是什么时候初照人，它照过我的前生吗？远远看到沙滩上星星点点移动的灯光，是赶海捉螃蟹的游客，风中笑声隐隐，可是，这笑声是他们的。一个人，面对这极致的美丽，一时无从说起，这一轮月，如今在我的记忆里仍圆满如初。

涨潮了，海潮哗哗的响着，一浪一浪地更近。这时候不远处箫声响起来了，清远地越过风声，像一片透明的薄云，在海浪上方飘然而起。潮水响起时，箫声低低地盘旋，潮声厚重激越地盖过去，而在潮汐的间隙里，箫声又像一只飘扬的鸟儿，轻盈地往上飞翔。

我的脚盖在沙子下，是暖的，风在我发上、衣上。在月亮与海之间，是潮汐与箫声。我忘记是什么曲子了，但那旋律却在记忆里清亮如初，此时，什么都可以想，什么都可以不想。

月亮越来越高，夜越来越深，而海越来越近，像等待多年的爱人，给人一种难以抗拒的宿命感，它的来临不容逃跑与拒绝，而我仿佛在沉没，一些生命里曾经重要的人，一些以为已经忘记的事，一一浮现。

我有点惶惑地起身，向着箫声处走去，想喊安行一起回去了，才走到沙滩另一边就惊呆了：海浪拍过来时，泛着蓝绿荧光，就像在海底装上了无比巨大的灯光。

带着一点梦幻的极端美丽，涨潮的海上一波一波荧光闪耀，蓝莹莹的光芒一半来自海底，一半来自浪尖，我四处张望，以为是岸上灯光的缘故，或者是月光，但后来发现都不是，那样晶莹剔透的蓝光，应当来自海潮或者海底，是海的深处在发光。

正好有赶海人走过，我叫住他们，指给他们看，他们也很吃惊。

安行也过来了，我们十来个人在一起研究了很久，海潮慢慢地近了，打湿了脚。我突然有点害怕，那样大的海，那样未知的海，真的像命运一样让我敬畏。

我坚持要回去，肯定让像孩子一样兴致勃勃的安行扫了兴致。第二天，打听到结果的安行告诉我，原来是一些发光的浮游生物，造成了这样的奇观,我真是头发长见识短,大惊小怪呢。

我始终不知道如何表述这样美丽的夜晚,所以迟迟不能动笔,像我的相机,无法留下那时的美丽,但是那样的海,那样的月,那样的箫声,当时的所思所想所念,会让我铭记一生。

二　无处藏花

风雨浣洗年轮，
植物带来感性的春天与秋天。
湖边的路贯穿四季繁复的美，
湖水微澜，空中满是花朵熟悉的香味。

盘根错节的深情

台风来了,我们在屋子里,植物在天空下。草木在狂风暴雨之中的样子,总是让人感动,特别是一夜风雨后晴朗天空下的绿色植物,苍翠碧绿,更加生机勃勃。世间万事万物之中,我对植物的特殊感情远胜于对皮毛漂亮的动物。在年幼的时候,我的理想之一就是当植物学家,在深山老林里寻找新的花与树。

总是觉得植物之间,这一生与另一生,这一棵与另一棵,都是有缘分有渊源的,所谓盘根错节,它们看上去好像永远在一个地方却暗藏玄机,能去得天涯海角却依然不动声色,就像人的感情。

以前,父亲在菱湖的院子里种满花草,我送遍了好友同事,当时这些无意之举,仿佛已经在不知不觉中暗结善缘。去朋友的家,看她六楼大阳台上十几个盆里种满了琉璃般的绿色"玻璃球",一个个大过拳头,惊叫好看,她道:"你不记得了吧?这是我刚大学毕业分配到菱湖时,你爸爸送我的玻璃球啊!我都不知转送了多少株给别人了。"

二 无处藏花

我怔在那儿:"她大学刚毕业时?恍如隔世了!如今她的女儿都读到高中了。"如今我的办公室里她送我的两个"玻璃球",又不知道有多少新球儿送了人,都是几十年前的因缘。

在菱湖,楼上人家有一棵很大的玉树盆景,它还有一个好听的名字:翡翠木。据说小苗也是我父亲送的,大到不堪,叶子掉到我家院子里来,我家长久不住人了,院子里的水泥地上积满了落叶,正好是雨季,掉下来的叶子居然挣扎着长出根来,最后成了一株小苗,我回家取东西时看到了,就带回来种在一个纸杯里,放在办公室。

税校的老同学来办事看到,就要走了,隔了四五年,他特意打电话告诉我,这棵树长得很大,特别漂亮,看到的人都要夸几句,如今是他的宝贝了,让我有空去看看。如果他不说这树,我早忘记了,说了,真让人心中温暖而快乐,在另一个地方,翡翠一样的植物传达着玉石般的感情。

有一个有趣的测验游戏,说能猜出人的前生。朋友替我算了,我的前生居然是个园艺师,也许是真的?这是一个很好的职业,至少比我现在的要强。我喜欢树,特别是高大的老树,枝叶稀疏,默然不语,像有阅历的人淡看世事。那些秋天的银杏满树满地的纯粹金黄,那些初春柳烟初染时如烟的朦胧,那些开花的树,那些结满艳丽果实让人欣喜的树,那些枝枝叶叶在风中唱歌的树,那些飘散香味的树,那些站在冰雪里依然如故的树,我常常傻傻地凝视着它们,看它们自然而然地向着风的另一面拍手而歌。

忆昔花间初相见

那一日在平湖,破旧的公共汽车慢慢地开在简易的公路上,人多没有座位,我只能站着。路边是瓜田、水田与湖泊,时不时有平缓的丘陵一闪而过,江南的丘陵青翠秀丽,与蓝天白云一起映衬在镜子一样亮晶晶的水面上。

初夏,宁静里暗含着不安,我穿着白色连衣裙,风吹着我松散的短发。车刚拐了一个弯,我看到几个小山坡上,高低起伏的是一片粉红,浅浅轻轻,浮在一片浓郁的黛绿之上,像雾像烟也像云,我惊得一时说不出话来,只是向身边的人惊呼着:"看呀!"满山粉红的花云近了,只一闪,又被抛在了公共汽车灰蒙蒙的身后。记忆是一本陈旧的相册,而色彩浅淡的这一帧,却不因为时光的剥蚀而稍稍褪色。

站在我身边的朋友是一男一女,头发柔软的英俊少年和一直在笑的妙龄女孩,都是当地人,都还不满二十岁。他们告诉我,满山开花的是合欢树。

二 无处藏花

我总是觉得高大的乔木是不适宜开花的，花开满枝的树木要小巧些才对，就像女人。而合欢树虽然高大，却有那样细致的花和叶，那些叶子在晚上悄然闭合，像极了一个外表粗放的人却有温柔的内心，总会让人意外又感动。

是啊，这样的温柔，让人心绪安然。在古代，"欲蠲人忿，赠之以青裳"。"青裳"让我相信这是一个衣履淡雅、神情萧散的人的名字。合欢这样的花，用"青裳"这样的名字真是合适。在梅子初黄的时节，满眼风雨让季节纷乱无绪，而我们依然可以拥有宁静恬淡的花。

再次遇见合欢树，又是许多年过去了，青春了无痕迹，世间的歧路，也不知分岔了几回，回首时，身后一片苍茫。

调到湖州时，我没有房子，借住在吉山一幢老房子的七楼，生活简陋艰苦。只是每天下班回家总要经过的马路上，行道树是已经成材的合欢树，夏季里整条路罩在深深浅浅的粉红云彩中，风过时，丝丝缕缕地吹啊飘啊，全是绣花线一样的花絮，总让我想起许多年前的那个夏天。有一点惆怅，更多的是美到无言的喜悦，一个人收藏着，像开在暗处的花，在散漫的时光的线索里，香着。

在其他的地方，我也看到过金黄色的合欢，仿佛是朋友的朋友，有一点陌生，也有一点熟悉。

当年那个头发柔软、长相英俊的阳光男孩，如今成了一个微微发福、忙于事业的中年男人。虽然隔了时光与距离，很少联系，但仍然是我生命里重要的朋友。偶尔有到附近城市开会的间隙，他会拐个道来看我，时间充裕的话就一起吃个饭，说说近况，有次只是喝一口茶就走了，明亮的笑容、说话的腔调也同当年一样。

那个女孩仍然会给我打热线，说的全是些鸡毛蒜皮的事，从减肥说到衣服再说到孩子，一打打到满格的手机没电为止，大部分时间都是她在说，我在听。我的新书发布会，她从别的城市赶过来；曾经一起去西藏；有一年春节还寄来明信片，她夸张地写着："我要是个男孩，我就追你。"吓得我赶快把明信片藏到抽屉深处，怕同事笑话。

想起《红楼梦》中藕香榭结菊花诗社，姑娘们持螯饮酒，黛玉才吃了一点螃蟹，便觉得心口微微地疼，须得热热地吃口酒，宝玉便命丫头把合欢花浸的酒烫一壶来。小区里也种了合欢树作为行道树，我的窗口正好对着两棵合欢树，夏季里花事不断，真正的好时节却只有一两天，花开得好时曾想拍下来，拖了才两日，眼见得花树就绿肥红瘦了。

有时也想起当年那公路边满山的合欢花，它们如今还在吗？

二 无处藏花

八重樱

春天过得匆忙而潦草，去年就约了茉莉与落落今年一同去看樱花，刚要走的头一天下班回来，我在自家楼梯上摔了一跤，受了些伤。刚好些，落落居然也摔伤了，摔得比我还重，几下耽搁，眼看着樱花雪一样飘落，雪一样融化了。这场邀约无可奈何地错过了，虽觉得可惜，又能怎样？想起来人与人之间的盟约尚且不能坚守，何况是花？叹息了几回，也只得罢了。

我们所钟爱的樱花，单指那些白色单瓣的早樱，其实八重樱到四月中旬还开得蓬勃灿烂，我上班的路上，道旁种植的全是它们，早樱谢了之后，八重樱才慢慢展露颜色。

每天清晨，在轻薄的水汽与雾岚中，带一点惺忪睡意，我驾车从种满八重樱的寂静长街缓慢驶过，三米多高的樱树正好挡住微茫的日光，只留下斑斑点点细碎的光芒从车窗上像蝴蝶一样一群群掠过，随着那些光芒渐渐变得浓稠而芳香，我看到八重樱粉红的花色正在一点点变得厚重起来。

说来樱花真是一种奇怪的花种，早春单瓣的白樱是我所见到过的最轻盈单薄、最远离凡尘俗世的花朵，而八重樱却重重叠叠，极尽繁复浓妍，粉红的颜色也极为入世。当它们开放到最盛时，枝头花朵簇簇，无数花瓣拥挤在一起，沉重到朵朵垂下，放眼看时，是常见花种通常不会有的霸气，整条长街全被它明亮的光芒笼罩，路边成片开放的海棠、桃花，皆失去了颜色。在天空与大地间整日飘浮的，是漫不经心的花瓣雨，这样的雨一直在下，仿佛没有尽头，直到马路的一侧全是粉红落花，枝上也绿肥红瘦起来。

但我还是更喜欢清静的、疏落的花，一如中国传统。

四月，朋友虹的儿子结婚，赶去喝喜酒，她的住处是已经有些年份的老别墅，家家门前有大块的空地，各自只是简单地间隔一下，整个小区清爽而开阔，虹的园子种了竹子，潇湘馆一般。第二天清晨，我开车回家，绕过一片树木，眼前豁然开朗，有一家住户，一大片院落轩敞洁净，整齐的嫩绿草坪，除了一条小石径，只种了一大一小两株八重樱，正好开到极盛之时，满树丰厚温雅的清浅色泽，树在晨光里呈半透明状，花朵含情脉脉，低头不语，风吹过的地方有几片花瓣若有若无地飞起来。

如此洁净美丽，恍若仙境，让看惯了路边挤挤挨挨的八重樱的我一时呆了：天哪，这两株，就是我天天在路边看到的、热闹地挤在一起的花吗？仿佛是，仿佛又不是。

二 无处藏花

由此想来，同一树花，生长在何处又是何等重要！街道、庭院或者幽谷，会给人不同的感觉与氛围，最不堪的是长在现代都市路边的，满是灰尘，满是疲惫。空对人来人往，虽然开过无数，不过是历劫而已；而庭院之花，主人的爱与弃便成了它们的命运，而它们最终会长成主人喜欢的样子。深谷荒野的花树，孤独却自由，寂寞开无主，花开花落，任风吹雨打，却开得自由清静，谢得潇洒无碍。或许有一天正当花开之时，有缘人恰恰经过，刹那间的惊艳，自此魂牵梦萦，心心念念。

女人如花，我们自己是否能决定生长在何处？要真问到自己，倒会呆住，喃喃道："也许……"

那么，至少可以让自己的心境美丽些，我们若能少一点欲望，少一点喧嚣尘世的悲喜，少一点人与人之间的纠缠牵累，别让诸如此类的东西拥挤堵塞在心中，让心变得更开阔些、空旷些。也许就能在清晨听懂鸟语；在朝露中看见明月与霞光；就能闻到清风捎着花香四处走动，那些芬芳就像来自内心。

我的睡眠一直极好，前些天因一些琐事烦心，午夜睡来，竟不能寐，长夜沉寂，漫无边际，心绪乱蓬蓬一片，有如杂草丛生，就像走不到头时，猛然间一念回转："我如此思虑，又有何益？不过自添烦恼罢了，不如一切顺其自然便好。"顿时心中一片清明，复又沉沉睡去，转眼清晨，一切都过去了。若有大片庭院，我倒极想东施效颦，种上几株樱花——当然，只是想想也是好的。

春风十里看梅花

窗外静静地落着雪,深夜的雪,有一种岑寂的味道,撩起窗帘看窗外,雪很细密,没有风,所以特别安静细腻,树上车上已经积了厚厚一层,在夜色里泛着幽蓝的光,火炬一样的路灯有窄小的光晕,像虚拟的樱花树,四周落花纷纷,世界安宁幸福,美丽得仿佛随时有天使降临。

放下帘子来到电脑前,佝着老奶奶式捶了捶腰,心里不免轻叹一声:"是老了。"昨天下午开始下雪,雪下得很大,在狂风里狂乱地飞舞,我顺便送同事回家,一路上两个人聊着,雪慌慌张张扑着车窗而来,与今天安静的雪,完全不一样。

家中已经有足够的备菜,早上我还是去了一趟菜场,因为我是个喜欢逛菜场的人,那里可以看到新鲜的水果、蔬菜,也能看到各式各样有趣的人。买合适的食材,回家做给家人吃,更是我喜欢做的事。

路上有积雪和薄冰,很滑,只能小碎步行走,人很多很挤。有

二 无处藏花

一对相互搀扶的老夫妻,在雪地里慢慢走,我看着他们相互搀扶着走远,觉得这是个幸福的世界。想到自己,能陪老妈逛超市,是幸福的;能像今天一样一个人逛菜场,也是幸福的。年纪越老,越能体会这种平凡的福气,这个世界有很多很多人不能陪老妈逛街,也有很多人不能像我一样幸福地四处游逛。

无论如何,春天是回来了。从卧室外的阳台上望出去,几株梅花开得极好,红的、粉的、白的,单瓣的、重瓣的,枝繁花茂的、疏影横斜的。夜里走到花下仰头看天,花瓣落在脸颊上和头发上,清香却直入心底。天色微茫,花瓣透明,花瓣间深蓝天空,星光隐约,宛若天空远处也暗藏着无边花海。如此有福,却偏是贪心,想着别处花朵,又该如何?

于是,约了女友到潜山看梅花。山上梅花初开,几个人走在山间,春风细软,吹绽新花,漫天弥散的是入骨的处子之香,而我只听脚下跫音,山高水远。

又和茉莉与落落妹妹去长兴看千亩梅园,梅花正盛,欣喜若狂地一头扑进花海,花海无边,一直走到沉醉,欲寻归处时,花如帘幕,泅灭前世来生,阳光照得汗水一片狼藉,却时有清风徐来,吹得心境澄明。

还是不知足,梅花将落未落之际,与女儿在家门口花下置一帐篷、一彩垫,备下吃食茶水,只是希望能多珍惜这片刻时光。几个人相对坐着慢慢聊天，消磨着时光，此时落花有意，清风亦含情，花下笑语时，梅花落得一头一身，这样的时辰，不负梅花不负春，也不负眼前人。

如此，附庸风雅，算是梅花三弄。

二 无处藏花

Wuchu Canghua

我爱八都岕的秋天

前年十一月到八都岕寻秋时,银杏叶几乎落尽,黄叶满地,只有几株晚凋的银杏仍在秋风里坚守,风过时,纯金一样的叶子落人一身,天空寥廓,一地的黄叶像是秋天最后的碎片。

心里满是震荡,满是惊涛涌起,仿佛误入了另一个世界。低头寻思着:如果黄叶仍在树上,又是怎样的盛景?不知自己还能否消受得起?这样的痴心痴情,想了一年,盼了一年,甚至特意找了长兴的朋友说:"如果八都岕的银杏黄了,一定通知我啊。"

其间,也听到过不好的消息:银杏采尽之后,银杏叶也被打下来卖了,用来制药。听后心里沮丧,但想一想就释然了:这样惊天动地的美色,原本并不是种银杏人的初衷。

去年,秋风终于传来了消息,是简单的六个字:银杏叶又黄了。

这六个字仿佛是六字真言,让人不由自主地要去朝觐,要去仰望。连续几天,天气阴霾,周五终于放晴了,天空湛蓝,白云如丝

二 无处藏花

Wuchu Canghua

如缕,能够远远望到远处的山影,真是个拍照的好天气。等不到星期六,兴冲冲地赶去,一路上看到银杏半黄半绿,我安慰同去的朋友也安慰自己道:"山里面冷啊,说不定叶子全黄了。"

好消息并不对:叶子还没黄呢。坏消息却是准了:许多树上叶子稀薄,有的树甚至光秃秃的。

今年是第三年,又是一个十一月的江南,长兴小浦,十里银杏是多年未见的茂盛,从树叶间仰头,天空碧蓝如纸,银杏长廊仿佛可以通向童话的金色宫殿,美得奢侈。这样的好时节,宜与人分享,一咏一叹之间,心会如枝上黄叶一般明亮。

人的一生,中间的好时光总是短暂的,樱花边开边落,银杏又能黄几天?此时,满天黄叶飞翔,犹如黄金蝴蝶闪闪发亮,真的是满心满意的好。我们年年来看,也有些年头了,今年盛夏高温,路边的银杏树几乎全烤焦了,想不到到了秋季,生命中灿烂的部分如此明艳而有张力。

最好的时光,寂静的季节,我们在游客稀少的荒屋野草间,在苍老的树下,看秋天。秋天也在看着我们,看我们一年一年静静老去,与时光彼此不相惜、不相忆。

一路上也有车水马龙,银杏树上挂着红灯笼,被命名为"银杏王"的大树上披金戴银,树下停着车,小贩们的摊位一路排开,有一种乡村的喜庆气氛,树下是熙熙攘攘的人群,树也穿彩衣挂灯笼,

是树的幸运还是不幸?

　　树与树之间也有这样的差别,那些被围观的树,还有乡间老屋枯藤中的银杏,它们会想什么?它们在各自的位置站了几百年甚至上千年,历经了风雨流年,看惯了时光变迁,人世间英雄也会走到末路,美人终迟暮,什么才是永恒不变的?它们什么也不说,只是在秋风之中,一树一树全黄了。

二 无处藏花

Wuchu Canghua

秋天里的短暂追寻

所谓春朝与秋夕之约,往往也不过是过眼云烟,好在落落总会时时来叫我:"姐姐,樱花开了!""姐姐,银杏黄了!"今年听她说的是:"姐姐,听说八都岕的银杏黄了,今年的银杏,听说特别好,我们这几天就去吧。"

心心念念想着,却找不到合适的时间,约了几次都因为临时有事没去成。人生充满了变数,相约与承诺,有的时候,不是不愿意遵守,而是不得不变。如若体谅,情薄如纸也不过是顺从了命运的安排,怪不得谁。

想起纳兰容若那两句:"人到情多情转薄,而今真个不多情。"他岂是真的不多情,说的怕是赌气与痛惜的话吧,情深如渊,抵不过的是命若转蓬。像八都岕满天满地的黄叶,抵不过轻盈秋风的温柔一吹,转眼化为一地残金。我本是个清冷无情的人,却为山里几株更无情的树牵肠挂肚着,想来也是可叹。

终于在星期六,我拎了个相机就与落落跑了去。才进山,就觉得冷了，空气也变得清新，沿路的树七彩缤纷，层次分明，衬着远山的秋色，很是好看。有点失望的是，观赏的公银杏叶只刚刚开始泛黄，产果的母树却已经开始落叶，树叶呈现出疲惫不堪的焦黄色，果贱伤农，尚在树上已经成熟的果实无人收获，啪啪掉下来打在我们车子的挡风玻璃上，一路，可以看到成熟的果子落得到处都是。

吊瓜子颜色明艳，东一个西一个吊着，像秋天的小火苗。最可爱的是时时看得见的柿子树，在民居院墙内外，高高大大，树上挂满沉甸甸的红灯笼，让我们几个垂涎欲滴。同去的小鱼一次次怂恿她半大的儿子爬树，我冲到人家篱笆墙里找竹竿，皆因树太高而"作案未遂"。

往山的深处走，狗狗们开始少见多怪地对我们吠。农家院子外，一串红和菊花随意站卧，开得正好。银杏半青半黄，阳光照着又明亮又鲜艳，树下有童话里的土屋，悠闲的鸡，追着人叫的狗，边整理竹子边闲聊的乡民，色彩浓重，像一幅油画。

看见有株老银杏要枯死了，苍凉的树枝直指天空。记得第一次来时对着它拍过照片，在树下的农家饭店吃的饭，心中一恸。它们坚持了几百年，又如何？奇怪的是，树后的饭店也清冷地锁着门，有一股凄凉的味道。秋天，一半是残破，一半是收获，只有随它去。

此处民风淳朴，我们向一个农妇买本地鸡，她将我们带回家中，叫出丈夫和儿子，捉鸡、杀好、洗净、包好，还邀请我们到她家菜

二 无处藏花

园子里拔大青菜。回来时,在一棵柿子树下,我们停车"望柿兴叹"之际,树后院子里的中年农民告诉我这是他家的柿子树,他居然用砍刀将长竹子砍了一下,替我们做了一个带机关的竹竿,借给我们打柿子。

我们几个女人加小孩,怎么也搞不定这又长又重的竹竿,到最后,那个乡民爬上高处,打了一大堆柿子送给我们,憨厚地笑着坚决不要钱。回来时,我们笑着说:"偷柿子,向主人借竹竿,甚至让主人帮忙打,也太夸张了。"

自由行走的花

无锡的樱花看了三次。这样大张旗鼓,是因为喜欢无边无际的花,有柔弱易伤的坚持,虽然时时随风散落,却仍然让人感动到不可言述:它们漫天飞舞,轻盈远去,随意停留,没有一点犹豫与耽误,仿佛世界在这一刻只有它们飞翔,仿佛有一说即错的玄机。

谁复商量管弦?音乐从天而来,细弱得随时会断,却缠绵不去。

这两天,柳絮飘得比雪还轻,开车送女儿上学,八重樱开得正好,在路中间一直开着开着,我开了车窗,任风夹杂着淡香与细碎的花瓣一直飘落到我脸上来,绿化带中,丛丛簇簇的花团中,漏下点点阳光,也从我的太阳镜上一闪而逝。

时光悄然而逝,而我沉在其中,并不知情,只知道花开了谢了,谢了开了,如此而已。许多年之前,曾经有女子纠结于"花开不同赏,花落不同悲"的分离与孤单,而其实花开花落,喜又如何?悲又如何?

二 无处藏花

Wuchu Canghua

　　远在无锡的樱花谷,照片中曾经那样无边的花,它们已经随风飞到了何方?云也好,雪也好,都太重了,只有它虽然开在地面,却永远飘浮在风之上。春天如此好,来不及忧伤,请随我看花、品茶、喝酒,换上颜色娇艳的春衣。

醉莫插花花莫笑

小区门口几株海棠开了。海棠是最有中国情调的花,粉红配嫩绿,一半娇羞一半喜悦,开得热闹,有一种淡淡的甜蜜。古诗词中多见咏海棠,李清照的"绿肥红瘦"感慨时光流逝,而多情的诗人苏东坡也曾"只恐夜深花睡去,故烧高烛照红妆",秉烛夜赏海棠,对好花如对佳人,如此诗意浪漫的男人,如今恐怕找不到了。

红楼梦中,大观园女儿们也曾结过海棠诗社,潇湘妃子林黛玉"偷来梨蕊三分白,借得梅花一缕魂"写得脱俗清新,不沾凡尘;而蘅芜君薛宝钗只来一句"淡极始知花更艳"便写出了温厚的个性,诗中女儿,一时瑜亮。

更有中国情调的花就数牡丹了。牡丹还要开得迟些,"绝代只西子,众芳惟牡丹"。牡丹端然大器,自有气象,但不知道为什么居然"花开富贵"。"富贵"两字,真真辱没了这样洁净端庄的好花。

总觉得玉兰花是寂寞的。我从窗口望去就有好几树很大的玉兰,它在雪中含苞,便带了雪的洁净与清冷。花开时并不见叶,一树白

二 无处藏花

色花朵，芳香洁净到了极端，便成了孤单，特别是月夜，白色的树在月色里轻轻一动，然后大片大片的花瓣飘散下坠，到第二天，满地残花，如雪覆地。想来古诗词中多用清露芳尘、羽衣仙子形容它，也许是因为它与凡尘俗世的距离吧。

个人认为与凡俗尘世距离最远的应该是樱花。樱花也是有寂寞伤感之美的花，它们半透明的花瓣，如《诗经》里所唱的"蜉蝣之翼"，透明、轻微，雪一样洁净，虽然小，却是有着生命与灵魂的。无论有多少人站在樱花树下，无论有多少株樱花树在一起，它们如云如雾，永远飘浮在尘世的高处，远离树下的芸芸众生，让人难以企及——即使你折花在手，却仍然无法拥有它。它们连开放时也是忧伤的，凋零时却带着光芒一般，一地落花，洁净如初，什么脚印也踩不碎它们柔弱的骄傲，有时，满地如雪落花仿佛在一夜之间飞到了高处，突然不着痕迹。

喜欢苏曼殊："春雨楼头尺八箫，何时归看浙江潮？芒鞋破钵无人识，踏过樱花第几桥。"这首诗，春雨樱花中芒鞋破钵的诗僧踏过，小桥及桥上满目的落花光芒万丈，带着迷茫与惆怅、无奈与哀婉，自有一种梦幻般的诗意。

做一朵自由行走的花

Zuoyiduo Ziyouxingzou De Hua

彼岸花

彼岸花在梵语中有一个极美的名字：曼殊沙华。它是天上开的花，柔软吉祥，见此花者，恶自去除。它却是忧伤的花，它的花语是"悲伤的回忆"。花与叶永远不能相见，只在生生灭灭中生死流转。春天是树根，夏天长叶子，秋天开花，冬天叶落凋零，如此轮回，像生命的消逝和回返。

传说中如此美丽忧伤的花，在乡间有另一个名字：红花石蒜。以前在菱湖的时候，我有时会带上朋友，到近郊的一个大哥级的朋友家去玩，不远，所以全骑了自行车，春秋季节，一路水塘相连，塘埂种着树，时不时有野花开放，在空地上停了车时，大哥大嫂的菜已经做好了一大半。

趁这个时候，我们会在田埂边乱走，在阴凉些的地方，石蒜一丛丛蓬勃生长，像兰花一样清幽。我曾挖了球茎，种在家中园子的阴凉一角，夏秋之交，它开出了红色的花，然后，幽婉谢幕，一转眼便是许多年。

二 无处藏花

那个大哥,在今年春天为儿子娶亲,我们跑去喝酒,那是我最后一次见到他。那天他们夫妇开心得满面红光。他对我说,他家里的新房子盖得很大,四开间的,有不少房间,无论如何让我带上全家去住上几天。我说好,一定去看看,却总觉得没有时间。

那天家长会回家,已经很晚了,女儿告诉我,大哥家打来了电话,说那个大哥突然不在了。天降横祸,他死于一场意外,本该圆满的生命突然逆转,成了一个悲惨的结局。

我打电话叫了以前一起去的朋友,开车去菱湖。一路上没有路灯,黑暗无际。突然想到以往,想到又到了彼岸花花开的季节,那些花,会在黑夜里开放吗?我们在黑暗中迷了路,深夜才赶到,以前的老房子变成了一幢别墅,没想到我第一次去,会在这样的一个场合下,在我看到大嫂的刹那间,突然哽咽,往事如尘烟,在一片哭声中隐约可见。

因为看到大嫂极度崩溃,我终是有点不放心,星期六又赶去。乡下的丧事总是热闹而隆重,略带一点喜剧意味,这是中国人的幽默和豁达吧?我去时满屋子念经的信众和门口几桌聊天说笑的客人,看我们进去,全转了头过来打量。

大嫂的脸已经哭肿了,满眼的忡怔与不解,她始终不相信,中午吃饭时还好好的丈夫,怎么晚上说没有就没有了?怎么可能?不是昨天才对她说:"我们的日子会越过越好的么?"她说起造房子时的艰辛与不易，说着又哭。

终于说到，春天娶的儿媳已经怀孕。

此时的夜，统治了一切，一切的生命包括花朵，一切美好而脆弱的东西，到明天清晨，会消失多少？又有多少能够留存下来，会生长，会繁衍？人离开了这个世界，会不会以另一种方式回来？比如变成一朵红色的花？回不回来又如何？回来的，也不是原来的模样，只有时间才是无边无际的。

生命如此脆弱，谁又能看到自己的明天？所以，只有眼前的时光才是真正可以拥有和把握的，眼前的花、眼前的世界与眼前的人。单纯的世界，美丽的花朵与可爱的人，让我们只看到这些，做一个单纯的、欢喜的人。

二 无处藏花

Wuchu Canghua

香樟树

连续下了几天的雨，傍晚的风微有凉意，走在路上，看到天由白到灰，灰色越来越重，夜越来越近。四周全是香，香味很轻，悬浮在沉重湿润的空气里，仿佛是一片一片小小的无形刀刃，来不及躲避，就伤及心。

再看看脚下，踩着细细的、沙沙的、白里带绿的一片，是新近落下的香樟花，因为色泽平淡，量又太多，一落地就辗为香尘，也无人注意。我本不是惜花人，无花锄，无锦囊，无香丘，更无心情，便一路踩了过去。花儿们，也是不在意的吧！

以前有北方朋友问我："你们江南人老说到香樟树，到底是怎样的树啊？"我说："是一种常绿乔木，有很美丽的树型，江南随处可见。它的木头是香的，旧时女孩子出嫁，娘家是必须陪嫁一个樟木箱的。南方潮湿，放在樟木箱中的真丝和呢绒衣物，不会被蛀。"

更早的以前，我还在三天门税校读书，住在老旧的欧式红砖平房里，房前房后全是有了许多年份的老樟树，像大伞一样罩着，封闭的环境,年轻的寂寞。下雨时坐在窗前,山色空茫,雨声哗然,香樟树紫色的种子在雨中落了一地,有人走过时踩在上面发出叽里咕噜的声音,脚下一小朵一小朵紫色的花在石路上绽开,然后在水中弥漫开来——连鞋子都是香的。

有许多鸟飞来飞去,大得像微型飞机的蚊子隔了窗也看得到,而树下,浅紫色的马兰花开成一大片,那些被香樟树宠爱和笼罩的日子,已经很远了,又好像还在眼前。今天这样的傍晚,让人怀念的是与此相关的一切。

二 无处藏花

Wuchu Canghua

桂花开时　秋已过半

每当桂花开的时候，秋天已经过了大半了。我所在的小区有许多很大的桂花树，我家门口就有一株，门后隔了一条道，也有几株。所以每年花开，我总会采一些腌起来，自己喝，也送给喜欢的人。

今年的桂花开了有好几天，每天上班下班，走在或浓或淡的桂花香里，思绪总是在香气里迷路。桂花香容易让人想起以往，渐渐远去的人和慢慢淡去的事。没有情绪再次月下采桂，也许是因为手受了伤，也许是因为疲惫。每年的桂花，在我心中有不一样的香气。

以前所在的小镇里，桂花树很少，所以格外金贵。早上买菜时，会看到乡下来的人卖桂花，小小的一把，用芋叶或者荷叶垫着摊在地上，人在一边默默坐着，等你去问价。只是几堆桂花，满条街道就有了色香，也有人折了一枝一枝地在卖，买回家插在瓶子里，可以香上几日。

更远一些，我所读的中学是有百年历史的学校，有几株很老很大的桂花树。那时我住在学校里，一到秋天，每天在树下走来走去，看着它一点点含苞开花，心里羡慕得不得了。开花了，我们总会在花下转来转去，背古文和英语单词。也有的时候，三三两两在桂花树下转悠，说着女孩儿之间的悄悄话。如今桂花无论开得多好，却总如刘过的一句："欲买桂花同载酒，终不似，少年游。"

后来搬了家，有了不小的园子，我在墙边种了蜡梅、桂花，门前自己长出了一棵紫玉兰，墙上爬满了爬山虎、常春藤和紫藤，园子上空有葡萄架，水杉树之间，悬着吊床。

那时父亲身体尚好，园子里种满了各式各样的花木，墙外是更大的花园，望出去里里外外一片绿，桂花开时，也不知是自家的花香还是外面飘进来的。因为我种的桂花是胡乱买的四季桂，种下了才知品种不太好，树又很小，开花时混在大片的桂花香里，有点滥竽充数的感觉。

那样的日子过得很安静，每天晚上九点左右休息，睡前有空闲就看看书和电视，写字画画，甚至会洗净了手绣绣花，会用缝纫机亲手替孩子或者自己做样式简单的衣服，就像生活在古代。

秋天的夜晚，睡在我宽大的房间里，秋虫的叫声与蛙鸣混杂在一起，不用关窗，也不用拉窗帘，满室都是明月的影子和桂花的香味。

来湖州后，搬到现在所在的小区，看房子时，喜欢上了这儿的大片绿地和自然的小河，门前的梅花和桂花、合欢和银杏，屋后的石榴和杨梅、松树和香樟也都让我喜欢。虽然离单位远了一些，但

二 无处藏花

还是在看房的半小时内就下了决心，当场就付了定金。搬来四年了，每天从柳丝飘摇的河边走过，穿过四季的花香和果香回家，觉得生活虽然不能尽如人意，但仍然是美好的，只是这无穷的季节里的美丽，就应当让人满足。

每年桂花开放时，更是心中愉快。每朵桂花像一个小小的秘密，这样的花朵采下来腌了送人，想象那人在花香里啜饮的样子，真是美妙的事。我们小区的物业，是允许大家采摘桂花、青梅、杨梅等可吃的物产，种得太多，也没什么人采，总是落了满地。我采桂花，都是捡新开的，一簇簇细心摘下，从不在树枝上一阵乱敲，因为敲树干对树有伤害，而敲下来的花大都开过了头，色香就差了一大截了。我腌桂花时用的是最好的柠檬，加上桂花的洁净新鲜，所以腌出来一片金黄，特别好看。每年采的桂花不会太多，只腌一两瓶，去年采了也只送了一个姐姐。

前些天工作上认识一个人，她说，听人说你腌的桂花真好啊！我笑得眯了眼。

除了我送腌制的桂花给大家，还有我可爱的邻居大姐、大妈、大哥、大叔，左边右边，总会隔了窗和阳台送过新鲜的蔬菜，带着露珠和阳光，是从乡间带回来的。如果我家没人，他们就直接挂在门上，在这花香里相处的邻居，是真正的芳邻。

做一朵自由行走的花

Zuoyiduo Ziyouxingzou De Hua

花底轻笑

我不太喜欢养小动物,不是因为懒惰,而是怕责任。除了女儿,我无法对另一个生命负起责任来,更怕的是那种生离死别,还怕因为一时的疏忽,而使另一个生命蒙受痛苦,就像害怕伤害,而不愿意再爱。只有家里女儿养的鱼和乌龟,属于很好打理的那种。

相对动物来说,植物更加安静而坚韧,办公室的窗台上的花花草草,全是我的财产。不用太费心,它们仍然活得生动而自然。植物最让我惊叹的是它们的生命力,有时折下来的一片叶子,都可以在伤口处长出根须,成为另一株。

办公室里收着两个玻璃瓶子,一个小瓶,刻着花,瓶口微微张开,是鲜花瓶;另一个大瓶是柱形,朴素的款式,插上大枝的绿色植物,放上水,根须漂亮得呼之欲出。

我一般会买上价格实惠、花期长一些的花送给自己,时时也有朋友送花过来,如玫瑰、百合、马蹄莲之类,简朴的,用报纸扎上;精致的,一层层包装都要拆上半天。我一般就是简单修剪,摘去杂

二 无处藏花

乱破败的叶子，然后插在瓶子里，慢慢地看着它们一朵一朵开放，然后凋谢，花瓣一片片落在桌上，一天半天都不去收拾。

没有花的时候，桌上放的就是一瓶水养的绿叶植物，种了几年了，总是那样，一片叶子打开后另一片叶子老去，没有季节与年轮。

办公室里除了我之外全是男的，个个好吸烟，递过来扔过去，所以屋子里整天腾云驾雾，好在我从小受父亲"熏陶"，习惯了，没什么感觉，所以也不以为忤。女同事有时进来玩，就会强烈抗议我们办公室长年仙雾一样不散的烟味，冒犯了她们娇嫩的喉咙，所以几个室友一想起这事，总是说幸亏是和我一个办公室，说我好。

当然也有不好的地方，比如我总是办公室里最后一个上班，上着班就会突然想起出去玩，打个招呼就溜得不见人影。有时科长会假装恶狠狠地批评我："你这个轻重不分的女人，玩永远比工作重要。"我就会耍赖说："我这样努力工作还会被批评，不如玩去。"然后就会对他说："你，从现在开始戒烟，不然罚款。"

所以，每天早上上班开门、开窗、开电脑都不是我的事，有时我偶尔来早了，一开门，呀，一股烟味扑面而来。

从收到朋友几株自家种的姜花开始，到落落送了两次的刚绽蕾的卡桑，那些百合刚开完，老师送的寒兰也慢慢地绽开了，这样的过程持续了整个晚秋与初冬。

每天开门的同事说:"以前开门时一股子烟味,现在是一阵香味呢!好闻。"我暗笑:"岂止是好闻?中国兰、百合什么的全是我喜欢的花,送花人还送来了花一样美丽精致的心境,每天我要看上无数次的花,其实是人。"

那样蓬勃开放着的洁白无垢的卡桑,熏得坐在我对面的同事头晕晕的,我以为是过敏。我建议把花移到窗台上,他说不用,不用。这是美女送的花,他不晕了头才怪。

收到兰花,花送到时也收到了老师的短信:"寒兰可以开75天,君子之花如君子之交。"这短信暖在心上,兰花开得特别慢也特别美丽,不张扬,连香气也是淡到若有若无的,却不绝如缕,十分素雅的香。拿相机拍了几次,总觉得拍不出神韵来,就罢了手。

等待花开的过程,心情也像花瓣一样慢慢舒展,慢慢地渗透出香味来。

正好写到这儿,收到落落的电话:"美女姐姐,我看到瓶子里的花开得真好,给你送些过来。"

于是,我按捺住微喜,且等花的到来。

二 无处藏花
Wuchu Canghua

莫道不销魂

当对着那片阳光下的银杏林举起相机时，我还只是看到山林里特有的薄薄雾气，下午的阳光成为半透明的光柱，山林静谧，鸟雀唱和。

一片金黄色的树林，沐浴在斜阳中，我不能准确地向你形容我在镜头里看到的那些。我慢慢地调整焦距，看到树林在纷纷落叶，落得很慢，像电影中的慢镜头，叶子一片一片全是半透明的明黄色，像又轻又脆的琉璃，转着圈斜着身子轻盈而下，我仿佛听到了它们落地时迸裂的细碎的声音。我心里突然掠过这么一句："彩云易散琉璃脆，世间好物不坚牢。"

仍然看着那些叶子，它们也像绝望的蝴蝶，像无语的心愿，一千只一万只向同一个方向，做最后一次飞翔。因为是最后一次飞翔，所以它们用最美的姿势。整个山林是一个寂寞的舞台，那样多飞翔着的细小灵魂，相约着与秋天做最后的告别，短暂的盛装，明亮得像黄金，这样倾尽心血的一生之舞，此刻，只有我这个唯一的证人和看客。

就这样屏气凝神待在那儿，忘记了按快门，甚至怕我的呼吸会惊扰它们，它们是那样尽情，那样快乐而平和，那样无怨无悔。这样的舞步，让我相信它们所有在枝头上的日子，所有青枝绿叶的成长与修炼，全只是为了这一瞬绝美的飘落。

我没有带三脚架，如果用更慢的速度，也许可能拍出它们飞翔的轨迹，落叶虽有情，却无人能记录。我第二次举起相机时，风已停，镜头里一片清明的林子，几分钟前，这漫山的飘浮，在心里，就像一个明亮又奇异的梦境。

银杏树还没有全黄，叶子却掉得差不多了，村民和我们说："因为冬天的大雪，今年银杏大丰收，树上结了太多的果子，伤了元气，加上前些天连续阴雨，所以就掉成了这样。"这样的景色，萧索而落寞。

连续三年到这儿，每次都有一点缺憾，总是想：明年，要在最好的时候来，看最美的风景。湖州离长兴这么近，好像这样一个心愿，要实现并不难，但是人生如何可以求得圆满？有的时候，失去了一些，只要还在守候，只要还有敏感而美丽的心，在不经意时，就会发现美好的东西，其实一直在，就像我在镜头里看到的落叶飘飘。因为曾经失望，所以看到它们时更是惊喜和震撼。

到山上去要经过一个宽阔的溪滩，上面有水泥墩可让人走过去，

二 无处藏花

Wuchu Canghua

可是因为连续下雨,上游水急,大部分墩子上都有水流过。因为参加婚礼,我特意穿了裙装,脚上是一双短靴,就这样抱了相机,踏水而过才到那个有银杏林的山上,虽然鞋湿了,但也值了。回来时天色已晚,路上看到野柿子树上长满红果,好看极了,我就停下来拍照,不经意一回头,看到夕阳如罗缎,在天地之间展开,路上行人与车,全在夕阳里。

夏季落地无声

天气依然很热，上班下班还是往空调里躲，但是夜深时却秋凉如水。我习惯了晚睡，所以在这两天中，每天总觉得经历了从一个季节到另一个季节，一天就是一季，一季就是一生，仿佛生命是如此华美而短暂。

短短的夏季，三个月，荷花开过，白兰花香过，然后花又一一地谢了。如今秋已半，菊初黄，木槿正好，落叶萧瑟，冷露无声湿桂花，雁过时留下清澈的歌声，秋风里有故人的消息。

夏天的云最是动荡，台风之后云层与晚霞最好看，浓郁、沉重，霞光从云层后面泻下，让人留恋。天高到无穷无尽，云淡到若有若无，一切并没有留下丝毫痕迹，敏感一些的树叶却早早地被惊觉了，树干上的老叶慢慢变红变黄，犹豫着下落。早晨，香樟树下的草丛里有红的叶子，带着露水，拈起来看，脉络细腻，手有余香，而枝头新芽犹绽，看上去并不在意。

秋天是一场最后的盛宴，赴宴的有夏末最后开放的花。春天的

花以暖调的为主，深深浅浅的红，亮晶晶的金黄，纯净的白，满是新鲜与喜悦。夏季的花浓艳深沉，有一种自信坚定。而开在这个季节里的花，幽蓝、紫、白、淡黄，淡淡的忧伤，淡淡的落寞。即使是开到最后的粉红蔷薇，也越开越淡，越开越小，粉色里有一点清冷。

菊花是一个例外。在这个季节里，菊花的灿烂与明亮，有如越过云层的嘹亮歌声。

其实以前我不太喜欢菊花，觉得菊花缤纷的颜色，纷繁的品种，还有它们的美丽，是张扬的、放射状的，就像无可挑剔的美人，让人难以亲近并且心存妒忌。我更喜欢淡然的美，淡然的、温情脉脉的那种，想到那句："待到秋来九月八，我花开后百花杀！"我更觉得菊花是一种汹涌气势的花。小时候去看菊花展览时，那种铺天盖地的感觉也给我留下了很深的印象。

长大了才知道，其实花什么也没有表达，花开花落，也不过是寻常气象，所有气节情怀，都是人们赋予的。

"采菊东篱下，悠然见南山。"此时见到的南山，也一定开满了野菊花吧。

夏季习惯了用菊花泡茶，白色的杭白菊是桐乡的特产，有一年一个桐乡朋友送了我一大箱，里面一包一包多得惊人，我逢人便送，也送了很久。我喜欢看菊花在水中缓慢开放，香雾萦绕，载沉载浮，

二 无处藏花

轻盈得如同在曼舞。还有一种野菊米,是满山开着的那种野菊的花蕾,据说比杭白菊更好。有山里的勤快女子农闲时采了野菊的花蕾晒干,泡开时清香动人。

再过些日子,要和朋友们一起去看秋天。十里银杏长廊,落叶成金,菊花染了一山黄。这样好的季节,冷热相宜,要多出去四处走走,带上相机、眼睛和我们的心。

镜头里的萍踪荷影

我只有一款18-135的旅游镜头,18是广角,而135那端可以拍微距,用135变焦来拍几米外的荷花,又是手持拍摄,像我这样菜鸟级的水平,是太难为自己了。虽然我觉得自己拍照时下手并不是很慢,也注意到了凝神静气,但是一点点的呼吸,全被放大了,照片拍糊了不少,由于鲜少拍过糊照片了,心里一急,还以为是自己的眼睛出了问题,总算找到两只蜻蜓试了一下微距,还好,这才想到出现糊片是因为手不稳导致的。

荷叶与荷花层层叠叠,相机虽然精巧,却不会知道究竟哪朵花哪片叶是我此刻眼中所见、心中所爱,所以我用的是手动对焦。

光圈优先,其他的我全设定在标准的位置,开始将饱和度调高了些,后来发现太艳了,拍荷花容易流于平庸,我个人觉得很大的一个原因就是红花绿叶,花花叶叶粗看时相差无几,所以构图用光都不容易,但是目前我还不知道如何拍得不平庸。

构图,我喜欢统一些的背景,花儿虽然是主角,尽量不放在正

二 无处藏花

中的位置,但求拍摄时就平整规矩,不用太多的裁剪,至于用光,我喜欢逆光的荷叶,在阳光里脉络清晰、色彩娇艳,是工笔的精致细腻。但是拍荷花时,我多用的还是侧光,想表现荷花的质感与层次,斜阳美人,岂不妙哉!

我的心此时是一只多情的蝴蝶,从一朵花蕊飞到另一朵花蕊,刹那间的相遇,心旌动摇,深情爱怜,心无旁骛,只求能永远地拥有并留住,全是真心真意的喜欢。而在下一个瞬间,我的一见钟情与全心全意,全在另一朵花上。此时我的眼睛就是我心的翅膀,仿佛能够理解凡尘俗世里花心男人的目不暇接了。

拍照前想得很好,但到了最后还是先找找哪一张才是相对清晰的。这可是基本功啊。所以,要不俗,岂是那样容易的?说了一大通,照片依然是拍得普通。

二　无处藏花

Wuchu Canghua

命犯桃花

　　白鹭谷，鸟翅下是白云，白云下是桃林，桃花春雨落英的芬芳尚在发梢，转眼又到了摘桃节。我素来懒惰，找了个桃子过敏的借口，在水库边小小地转个圈子，就硬赖在空调房中不肯出门，其他几个则借了陪我的理由，大家窝在一起调笑，相互调侃打趣，桃子也不摘了。

　　女友静替这个那个假装看手相，一边信口与人玩笑，引得嘘声一片。她一双漂亮的眼睛斜着看过来，我虽是个女性却依然心中一动，心下暗道："这样的妙目看的，要是个男的如何了得？"倒不是因为她的美丽，而是目光中所含的聪慧机智，还有一点点魅惑与娇媚。

　　我笑道："静的眼睛真的是桃花眼啊！"在座的人，除了眼睛的主人，全体同意这个看法。轮到看我的手相的时候，"女巫"看了半天卖关子道："唉，看不太懂。"又说："其他倒没什么，我看到你和我一样，命犯桃花哦！"又像真的那样，若喜若忧地一声轻叹。

我大笑道："你说的命犯桃花，是指我人见人爱，花见花开，汽车见了要爆胎呢，还是暗示我会情路坎坷，历劫无数？"一群人笑成一团，"女巫"一下子"生意"大好，她面前全是手，要求参详一下有没有命犯桃花。

桃花，在中国的文化中，它代表隐逸、离尘、清静，如世外桃源之说，寻得桃源可避秦，桃红又是一年春。《红楼梦》中黛玉葬的也是桃花，质本洁来还洁去，即使红消香断，落地委尘，还是净土香冢。《诗经》里亦有用桃花贺嫁的《桃夭》。

凝神低头，在想象中一路寻来，东风解冻，细雨初霁，一片新绿掩映着浅淡朦胧的红，遥见一角民居，黛瓦素墙，灰褐色木门，叩门时桃花飘了一身。也许还有崔护笔下的少女，人面桃花，衣袂飘然，素手中捧着青花瓷茶盏，只是娇羞含笑抬头，风轻过隙，一瞬枝上落花飞扬，花瓣细香萦绕，落至碗中微起涟漪，心中却有惊涛掠起，不能自已。

玩笑说到的桃花是有异性缘，说不得是好是坏，要看是怎样的境遇。我却更喜欢看的是落花时分的飘散，说不得是有情还是无情。

懂得欣赏落花的美，以日本最为有名，樱花开放的时节，携家带眷出游赏樱，我们中国人却希望连花也坚守。我想起一句诗："宁可枝头抱香死"，赞的是菊花。

二 无处藏花

桃花却是随意，开时浓烈，谢时干脆决绝，开到正好时随风而逝，如漫天红雪，落在水上，次第而去。有人看不惯，道："轻薄桃花逐水流"，其实花岂有轻薄的？轻薄的，只是人心而已，看过桃花的美丽，又说桃花的坏话。

不知道中国人自古到今为什么会有那么多的苦守与执着，那样多的不肯放过？不肯放过自己或者他人，如王宝钏与苏武，宁可放弃一生，只为一个信念。而他们的等待，在被等的那一方，早已经失去了实质的意义。

桃花的谢，不让人看到花残的颓败，是一种暗藏的骄傲，像深惜羽毛的佳人，宁愿寂寞凋零，也不愿意让人看到红颜老去、芳华不再的一天。其实有的时候，放弃、柔软、逃避都是更好的选择。生命只有一次，如果行到山穷水尽，倒不妨稍一转身，也许在路的拐弯处，看到前方桃花，明亮如云。

三　细数流年

只要一杯握在手心里的牛奶，
热得和年轻时的眼神一样，
好时光，让我爱也爱不完。

风花雪月过此生

天气酷热,做什么事都没兴致,家中电话已经欠资,懒得去交费,也只随它去,待在空调房中胡思乱想,也算是偷闲,我想到"风花雪月"四个字,便是个个能生静生凉的字眼。

风

最好的风是早春乍暖还寒之际,此时冬的寒冽犹在,杨柳初有绿意,也不见它萌叶绽芽,竟柔韧了起来,鸟儿们不知从何处回来了,满树停着,争先恐后地唱歌,雨点叶子一般抽得细长,欲断还连,斜着,一如绣女素手中拈着的银线,织得绵密。夜深时可闻箫笛隐约,只细细吹了一个夜晚,清晨河边的杨柳便涵成一片绿雾。

走过几座弯弯青石小桥,便可寻着些江南老式庭院。木格窗,细长回廊,弄堂浅灰色的两壁水渍漫然,蕨叶瓦花柔弱蓬勃,也有临水廊屋,窗外市井叫卖声音断续可闻,眼前只一派清静。

那个时节，约了可心可意的人儿，男女不限，只要彼此相知便可，或在廊下通风处，或在大树浓荫下，泡一壶清淡好茶，坐聊闲话，说得山高水远，无论雅俗，只要题目与在座的人无关便可，关心则乱，关情便疑，无关，方可轻松无碍，了然自由。

风动，幡动，仁者心动，关于风的故事，仿佛是从禅门吹到了尘世，从以往吹到了今朝，从故事中吹到了现实，曾读"过去心不可得，现在心不可得，未来心不可得"，世间种种，如风如幻，无影无形，仿佛让我从风中悟出了不必执着。

日光轻软，心境温柔，而若这时有好风如缎，拂面而过，便有梅花新鲜的花瓣落个满怀，杯中渐渐淡薄的茶水，暗香涟漪，便不枉了这风。就像智者所言"日日是好日"。

花

经常暗自计划，要是我城郊的老房子有机会重建一下时，也不必大，只要有宽阔的落地长窗，院内种些竹子，窗外要有一洼池塘，种上些荷花，便是心静去处，可以一个人发呆。

园子里自然还要多种些花，不拘梅花、杏花、梨花、桃花，抑或樱花、海棠、桂树、菊篱，一树两树，可赏可玩即可，若任性些，不管不顾，就挤挤挨挨，高高低低四处种满。家里此时爬得窗上阳台上乱兮兮的紫藤，就让它在院墙上四处蔓延。春日看花，夏日添凉，落下的花叶便喂了池中的红鱼。那些慵倦的日子，便穿了轻滑的丝绸，若嫌凉，可拥了宽大的披肩，坐在落地窗的地板上看花开花落。

盛夏，无论窗外如何酷热，只要打足了空调，窗帘半拉到刚刚能看到几朵荷花，或是坐在地板上，一边慢慢剥新摘的莲蓬，一边看小翠鸟歇在荷叶上，直到夜色四起。即便不是夏日，秋季光景，"留得残荷听雨声"也是一番造化，自净、自渡、自悟，这是何等高的境界。

荷花的好，自不必说，明心见性的荷花，不受外界的染着，禅定一般如如不动，保持自我本心和本性的觉悟，这是一种智慧，正是有了这种境界，即便连残叶也可以留下来听雨的，所以，在这个季节里，即使没有梦想里的庭院，对它也要像对心爱的人一样，用诚心好好相待。直心是道便是如此。

雪

自小喜欢冬天，喜欢下雪，许多人都是一样的吧？现在仍然喜欢冬天喜欢下雪。下雪时，我与女儿欢天喜地，母亲便取笑我们道："天上落雪，小狗欢喜。"

三 细数流年

雪花积起时,往往在深夜,站在窗前,仿佛到了混沌初开时分,一切都失了色泽,虚了形体,连声音都静到了极处,雪落的声音居然也可以听得分明,天地间只有看雪的一人,又是寂寞又是欢喜。寂静欢喜,空灵是难以用语言来形容的,这是一种境界,这种境界包含了无我、无相、无有分别,往往想到这里,便想起曹雪芹笔下贾宝玉出家的场景,白茫茫大地一片真干净,心静则国土净,这里的净是一种净化,那种少欲无为的净,或许是我在雪中的领悟。

此时若走在雪中,一柄大伞撑着,一身红装在白茫茫之中,伞面上积着些雪,路灯四周雪花围绕着飞舞不休,又紧又密,天暗也知道梅花在开,风如细针,刺在脸上有些痛,脚下便越走越紧凑些,踩着雪只听得吱吱嘎嘎,又脆又长,带着尾音,像有一匹小兽缠在脚下跟着回来一般。

远远见了家中的灯,淡黄色,因透过窗纱而变得柔和,心就像水一样软了,云水之心,是我一生的向往,如云似水或许是江南女子特有的情怀。我推开门时,老茶新煮,菜正在火锅上咕嘟咕嘟煮着,哗地一下伞上的雪泻在了门口,而沾染了雪水的头发沾在脸颊边,愈加黑得带了青色。

大雪封门,只在家中围炉而坐,则是另一番光景,雪可尝可饮,世界可亲可近,窗外白蒙蒙,愈显得屋内的一切色泽明艳。面容、灯光、人心、茶点、茶水,皆美艳得不可方物,真正应了那一句"淡极始知花更艳"。

如此又是一年，人生就那么一年一年挨过了。

月

立了秋后，天便一日一日凉爽起来，天高远空阔，光线明净，雁儿齐齐相约了飞向南方去。银杏树黄时，山中连空气也是黄金一样铮钬有声的，在平阔的田野里稻谷铺成绒垫，风起时，芦絮在水面上像精灵一样时有时无，它们透明的翅膀在阳光里发着细碎的光。

秋天最好的自然是月色，月色如衣，护得住最脆弱的心灵。喜欢看月，在于看久了，似乎明白了佛教为什么喜欢把明月比作明心见性，也似乎明白了颠簸一生的苏东坡，为何能悟出"不应有恨"的高度，尘世有蒙蔽，月光依然在那，只不过我们的那颗心被染着，这使我想起了一部经典叫《指月录》，当不知道光明在哪里的时候，手指的那个动作是何等的重要。生活中，觉悟中指引的那个人在何方？

而秋天的萧条，因这澹泊明月的皎好，便也抵得了。

此生，此心，此时，此刻，了了分明，世间万般，除了别的指引，自渡，自净，自悟，都是如人饮水去实践。

狂风暴雨吹过爱

台风海葵,刚刚从浙江上空经过,从卫星云图看,它是多么漂亮的云团,充满了张力,像一朵变幻莫测的神秘之花,然而它更像一个睥睨万物的愤怒女皇,用最柔软的风与水,破坏一切,所到之处,摧枯拉朽,一切原有的秩序刹那间土崩瓦解。

我曾说过,我喜欢窗外暴雨如注时,窗内的寂静孤独,有点无助的那种感觉。台风到时,我为自己轻狂的话语而后悔:其实我要的不过是一场盛夏里的大雨,而不是海葵那样的灾难。面对这样的灾难,人类所能做的也不过是祈求与逃避。

早上去上班,对同事说:"咦,说台风到了,怎么昨天晚上没大动静啊?"

同事笑道:"你着什么急?刚登陆,还没到呢。"

于是等,果然风雨渐紧,窗外乌云的阵势咄咄逼人,颇有点黑云压城城欲摧的味道,办公室的窗子质量低劣,在狂风中不堪负荷地吱呀乱叫。窗外模糊一片,我对着电脑百无聊赖,慢慢地干活,同事放着音乐,一个女声唱得寂寞:"漫天飞舞,一片荒芜……再多的苦,于事无补……化作尘埃……"于景于情倒很是合拍。

我想起女儿远在南京读书,不知道那边是否受到了台风影响,发短信过去,女儿回复还好,同时也收到朋友的短信,只几个字:"台风天气开车小心。"便满心欢喜起来。

突然间惊天动地一声巨响,电断了,电脑、空调及灯全部灭了,一看正好到了下班时间,就开车出来,雨打在车窗上,密密实实,看不清前面的路况,却觉得车在晃,雨点在窗上噼噼啪啪响成一片,心想此时的太湖边不知道是否浊浪滔天、气势磅礴。于是,我小孩子心性发作,问那个叫我小心的人:"去不去太湖边上看台风?"答曰:"喂鱼呀?"

真不浪漫,我不死心,打另一个的电话,那位与我心性仿佛,想必会一拍即合,先问:"你在做什么?"答:"姐姐,雨这么大,我关了店,放了假,已经回家了!""哼哼!"我才哼得一声,发现车的四周全是水,硬着头皮往前冲,水花呼啸而起,汽车像有了翅膀一样,神气而夸张,我吓一跳,本想一个人去看台风的,只好回家。

早几天,朋友就约好了晚上一起吃饭,傍晚风雨的阵势颇为惊人,于是我很纠结:开车还是不开?开出去,怕停在路边被大树砸了,怕停车地势低淹了,但要是不开,岂不是不把自己当人?请客的朋友很是善解人意,开越野车来接我。我怕雨大,她开车拐弯不

方便，就想撑伞跑到马路边等车，一出门，哗啦一下，就成了一只落汤鸡。

一群人开着电视吃饭，边吃边看台风消息，饭店倚山而建，一边全是落地玻璃窗，外面种了许多竹子，它们在风雨的帘幕中迎风起舞，闪闪发光，像激情无比的舞者。

回家时风雨正酣，车从黑黑的路上开过，像冲锋舟一样神气，只见路边有些车半淹着，路边的树叶树枝树干，甚至广告牌之类落了一地。家门口积了二三寸的水，我跑着，一路溅起水花，水闪着银灰色的光芒，精灵一样飞起来。到家赶紧放了一缸热水，滴上几滴我喜欢的精油，满心满意地泡着，幸福有时其实简单得不得了，就如此时，只需一缸香喷喷的水，而窗外的风雨，成了丰富的背景音乐。洗了，我换了真丝睡裙，赖在床头看电视，一直看到快11点了，才下楼关灯，拿起手机发现一大排未接电话，全部来自南京。

想必是女儿担心了，看时间她应该已经睡下，就发个短信过去，简简单单四个字"妈妈没事"，希望她明天起床时就能看到。短信刚发出，手机就嘀嘀收到了回信："妈妈，你记得小心点啊！南京这里已经有人被台风刮断的树枝砸死了，好怕！"

我安慰她："妈妈会注意安全，不出门，车子锁在车库里，你也要注意安全，现在该呼呼去啦！""哦哦，我打了很多电话给你，没敢睡。"小家伙开始撒娇。

细数流年

"睡啦!别那么晚睡,不用回短信了。"我怔在那儿,心中的温暖无以复加,又庆幸,自己下楼看了一下手机,不然为我担心着的小家伙,会在焦急中等待我的消息,直到什么时候呢?

做一朵自由行走的花

曾与梅花醉几场

春天带来了幸福,闺蜜间的聚会也频繁起来,单是"三八"节,好像就庆祝了四五次,星期天我们在衣裳街的老克勒会所喝茶吃饭,长街寂寞,小雨如酥,街道尽头那么一整栋情调幽雅的房子,一天只招待一桌客人,静早一天预订的房间,因此我们四个人,享受了整个悠闲自在的下午直至晚上。

第二天霞打电话给我时,我一个人摆了茶摊头,正在喝静那天捎给我的金骏眉呢,听她道:"静明天要请我们吃饭和玩呢。"

我呆一呆:"不是刚吃过吗?"

霞说:"她家童童明天生日呢,你在家等着,她夫妻两个会去接你的,到老虎潭去。"

我一口茶含在嘴里直接喷了出来,笑得岔了气,说:"这家伙自己过生日从来没请过我吃饭,如今居然要给小狗狗摆生日宴?"

晚上霞的电话又来了:"明天大雨,只好在城里吃个饭了。"

第二天却晴了，静夫妇来接我时，一上车就开始征求意见："林城的梅花听说开得很好，要不看梅花去？"

春色初露，空气越来越清爽，几个女人如清晨的小鸟，喳喳叫个不停，寿星童童却极为淡定，安静地趴在窗口看风景。一路上红梅还在含苞，白梅花已经开始开放了，看不到边的花海，是一种震撼人心的美丽，虽然不是第一次见到，相机后的我仍然惊叹不已，拍个不歇。

在香雪海边停了车，看到几个农民在开沟修枝，折断的梅枝扔在地上，我就问："这些地上的花，能送我吗？"一个中年男子抬头爽朗笑道："你要就拿走吧！那些树上开得好的，你要是喜欢，也可以折走！折不了的告诉我，我替你用大剪子剪！"

我大喜，拖泥带水背了一大枝就往车的方向走，想起前几年，在南郊古梅观的雪中，一个修剪梅花的师父曾经也说过类似的话："你喜欢哪一枝？我剪下来给你吧！"那时，我一个人借住在吉山一处极简陋的房子里，因为养了一屋子梅花，整个冬天都是芳香温柔的。

将那枝梅花带到路边，小姐妹们却笑道："知道你爱花，后备厢里早替你放满了，再也放不下了！"只能将它轻轻放在一个泥堆上面，希望会有来看花的有缘人带走它。

从林城出来，吃过饭，又往仙山湖去，湖上芦苇尚未返青，轻浅的褚黄，穗儿如湖笔，也不知向淡灰的天空写着什么，蓦然间一行水鸟轻盈向上，突然觉得它们飞翔得如字如画，仿佛在书写苇子们的心事。

从仙山湖出来，沿太湖回城，看到路边梅树一路延伸，大道一边是灰蒙蒙的太湖，另一边是静默的村庄，回来时意犹未尽，坐在渔人码头的茶室内喝茶聊天，说从前，年少时谁曾喜欢过谁，说前几年看梅花的事，如此热闹尘世，曾经沧海，一转眼皆成窗外云烟。

从林城扛回来的梅花，几个小姐妹全不要，就归了我，只说"扛回来"这几个字，就知道了它的分量。我本想分些给朋友，只是玩了一天有点累，晚上又要送小家伙上学，也懒得跑出去，于是在家找花瓶插上了。

最先想到的自然是中式的梅瓶，手工粉彩，结婚前的物品，当时觉得凤彩牡丹的花式，乡气而俗，如今却觉得红是红、绿是绿，像织锦缎的中式旗袍，有着很悠远的味道，值得一品，只可惜送了一对瓶子给我的人，如今已经不知去向何处了。这样的瓶子，自然要配曲折、细长、枝形纤细的梅花，挑着插了，灯光下疏影横斜，果然好看。

一个古色古香圆肚皮的青花瓷坛，很厚的釉子，画着山水、竹林、树木、高人。最大一株梅花，有点年份的树干上，有结、有伤、有青苔，它像树一样分了两大枝，满是花朵，如此厚重浓郁的香花，也只有这样的瓶子配得过。

有一枝特别细弱弯曲，枝头有几朵细碎小花，如弱不胜衣的素衣女子，有一点忧伤与病态，于是便格外怜惜起来，选一只极小的玻璃杯盛了，供在茶案上。

一只仿古陶罐的花瓶，不疏不密地插上几枝，与女儿的画笔，水洗之类的放在一起，很合适，看着就让人安心。

剩余的那些梅花，枝叶粗壮蓬勃，并不适合中国以疏以曲为美的审美观，找了两只玻璃的鲜花花瓶，一只是透明的，斜的敞开的口，底下是冰裂花纹，清水中枝叶清晰；另一只是精致的蓝底刻花，衬粉白梅花，也不错。

灯光明亮或幽暗处，梅花清静自在，满屋子芳香。

谁念秋风独自凉

在橱柜中找出带绒的家居服换上,半旧的棉布,淡雅的浅蓝色已经稍稍褪色,歇了会儿,又找了床单,将夏季的床上用品全换了下来。被褥是很浅的灰紫,印着同色系的折枝花朵,因为也是半旧的,一褪色,看上去底色倒像是白的。

窗外阳光移到了树梢,风吹着,光与影晃荡着,犹如时光漫舞,时光缓慢,却不凝滞,如去年的秋天,亦如多年前。这样的旧物件与老时光,昔时心境,让人觉得妥帖安心。

这个夏天和秋天的转折点,我是在医院度过的,病情来势汹涌。记得去住院那天穿的还是薄凉夏衣、牛仔短裤,因为病而瘦了十几斤,憔悴得不成样子,眼睛凹了进去,又大又黑,亮得就像假古董的光,多年来又浓又密的头发掉得只剩下三分之一,自己看了也叹息:人何至于这样脆弱,只短短半月,就变得如此?

去医院时,还以为确诊一下就可以,医生却不容分说,让我马上住院,于是独自办了入院手续,然后住下了,不知是虚弱还是天

细数流年

太热，一身汗水，特别是头发间，一条条小河蜿蜒流到眼睛里来，擦了又有，索性就随它去。

总觉得自己是不能生病的，上有老、下有小需要照顾，便一味仗着自己素来旺健，只当是金刚不坏之躯，又不知珍惜自己，不锻炼身体也不进补，熬夜有之，奔波亦有之，工作正好忙，虽不吸烟，酒与茶却是心头好，有了小病也不看，诸如此类。在心底，有了病也不肯承认，以为死撑着就能过去。

毕竟老了，之前头发纷纷落下，满屋都是，像宠物狗换毛，总以为是秋天的缘故，自嘲道："从常绿植物到落叶植物了。"直到女儿有一天惊叫："妈，你头顶上有地中海了哦。"

持续低烧，体重急剧下降，由嗓子痛慢慢变成整个头的剧痛。最痛的时候整夜无眠，半个脑袋像即将爆炸的火药包，恨不得把它像电影中的爆炸物那样一下子扔到冰凉的河水中去。

那天上班，工作中找纳税人谈话，突然发现耳朵听不见了，自己一说话，一阵嗡嗡。项间一直戴着的和田玉梅花吊坠，其实只有三十克，居然也变得沉重不堪，取了下来。汽车方向盘重得像刚学车时老是没有助力器的教练车一样，舌苔居然是乌黑的。

出院那天，还是自己办了出院手续，开了车回家，休息了两天，就上班了，很虚弱，我站在办公楼外仰望天空，秋天高远空阔，白云迢迢，突然间闻到桂花甜香，如此郑重而浓密，直入心脾，看一下单位门口那一直不开花的大桂花树居然满身花朵，是难得的丹桂，开满了花的树漂亮得让人震惊，不由得眯着眼笑：多么好的秋天！

记得住院那天，静来看我时，说了一个故事，大意如此：有个老和尚让徒弟将一大包盐放在水碗里，让他品尝，水苦涩得不能入口，师父又将同样一包盐放在溪水里，水依然清冽如故。

静眨着美丽的大眼睛看定我，笑道："面对苦难，怎样的胸襟决定怎样的生活，我相信我有这样胸襟，你呢？"

我笑而不答。其实对这次生病我是心存感激的，就像感谢一个严苛的朋友，他告诉我，生命中的秋天已经到来了，生活的态度、生活的方式，应当慢慢地来一个转换，生病不过是生活中的一环，我不当它是苦难。

多年以来依照生活的惯性一直向前，随波逐流，无从改变。在秋天到来之际，在医院，这样无所事事的状态，昏然而睡，醒后慢慢地想一些事情，三行二句，翻着想看却一直没看的闲书，仿佛湍急的河流转到山脚，形成慢慢的回流，随波夹杂的泥沙杂物悄然沉没，然后转过一个弯继续向前，喜欢这样的生命节奏，无所事事，悠然清静。

李清照晚年的一首词，其中两句是："枕上诗书闲处好，门前风景雨来佳。"病中的心境何等豁达清明又淡定，她是真正经历过苦难的人，胸襟却是光风霁月、明净如玉。

三　细数流年

　　说到底我可以算一个乐观主义者，记得前年从青海回来，买不到回程票。我和琴琴咬牙买了坐票回来，两夜一日，车上挤满了人，角角落落全是。站着坐着的旅客，上个厕所也要挤上半个小时，正是夏季，虽然两个人不能睡不能好好吃一口，更别说洗漱了，我还是笑着对琴琴说："我们还是幸运的，至少我们还有个座位。"这次生病也是如此，去做各种检查时，看到别人被用轮椅推着，心里就安慰，至少我这病不至于拖累别人，自己还能照顾自己，也不是什么恶疾，不至于留下病根，真是幸运至极。

　　医嘱："生活规律，注意休息，忌食一切辛辣刺激食物，包括酒与茶，低碘饮食，忌食海鲜。"要戒除的全是我所念所爱，是否人生就是这样慢慢地变得越来越乏味无聊？

　　其实只要退一步，生活仍然美丽无比。于是，我将收藏的各种精油取出香薰，沐浴时也滴上些，每天香氛缭绕，却时时不同；将鲜果蜜饯好花沏茶，一样香泽微闻，色调美丽；看书不求甚解，乱翻一气；下厨做羹汤，只求精致，不管时间；吃好的零食、贵的水果，皆是平时不太肯下手的——也很好，是不是？

梅子黄时　江南雨如诗

窗外梅树上的梅子掉了一地,雨下得太大了,也不能去捡,只可惜了那一地的金色果子,前些日子天晴时,倒是采了一小篮子浸了酒,又大又漂亮的青花瓷坛用来浸梅子酒真是再合适不过了。

电视里全是水灾的消息,家具和空气潮湿得仿佛真要长出蘑菇来,流过小区的小河已经不知道在什么时候悄然漫到草坪边,一下子涨成了大河。

与朋友约了在长岛吃饭,沿着岛上寂静的窄窄长路一直往前开,天刚刚暗下来,不见一个行人,只有豪雨哗哗一片,四周模糊,绿色如湖,我觉得我是一个潜行在绿色湖底的水妖,特别孤单无助和快乐无比。窗外是半透明的,树林只能朦胧地看到一半的枝叶,让人不知道身在何处,今夕何夕?雨刮器开到最快,窗外还是模糊一片,车停下来,雨大得让人无法走出去。

回家后上网,与几个好友在聊天室说话,有人说:"再下,菱湖又要发大水了,像 1998 年那样。"

1998年的大水让人太难忘了。当然，江南的好处是，即使发大水也是安静的，悄无声息地漫上来，默然无语地退回去。那年夏天，我深夜从宁波旅行回来，大水正好淹到家门口的石阶上，离家不过四五寸。怕我路上出事，父母与女儿一直在家等我，看到我，一家老小才安下心来。接下来的几天，我穿着捕鱼用的下水裤上下班、买菜，而女儿每天在阳台上钓园子里的"鱼"；大水漫过，成了泽国，鱼塘里的鱼在弄堂里漫游，渔船也在大街上闲荡，我也曾租了船与父母、女儿在街道上看大水，照相馆虽然半浸在水中，却仍在营业，所以我们还拍照留念了，那时四岁的女儿每天在我出门时总是要追到门口，道："妈妈要注意安全哦！"

我现在住的小区名叫东白鱼潭，听名字就知道是低洼之地，要是真的大水漫上来，想想人倒是可以逃到楼上去，车却拿不动，咋办嘛？于是我在聊天室纠结道："水可别淹到我的车啊。"

落落安慰我道："姐姐，你别纠结啊。我家在日月城，比你离河近，要淹也先淹我的车嘛。"

她一说，我果然就不再纠结了，人真的是群居动物，只要确定自己不是孤独的，即使真的面对灾难，也会好许多，何况我也知道那只不过是假想灾难吧。想起电视里的水灾，那一片片汪洋，心情特别沉重：不久前大旱，我跟慧姐姐她们去德清，看到莫干山的葱郁新竹全干死了，杨墩枇杷因缺水小得可怜，曾经期望多下点雨，而诗意的梅雨，怎么就突然成了灾？是不是因为一直在填湖、填河、

三 细数流年

填鱼塘、造坝、造水库，破坏了大自然的储水能力，我们的水利系统才变得这么脆弱不堪？好几天不下雨就成了旱灾，下好几天雨又成了水灾。而湖州，因为有太湖宽广的胸怀佑护着子民，所以一直算风调雨顺。也要感谢我们的祖先，沟壑如网的江南水利，是他们留给我们的余荫。

散淡日子邂逅温柔

红泥壶，竹茶海，一壶上好的金骏眉，岁月便在醇香绵长里散淡。开谢的紫色郁金香花瓣落在桌边，阔大的滴水观音新抽了嫩叶，忙碌的办公室中居然若有若无地散发着一种慵懒的气息。

窗外的落花又从风中飘起，杨柳如丝的柔弱纤美，比花期更短，春天来临，生活忧喜参半，天气乍暖还寒。

早上开车上班，朋友瑛来电话说儿子婚期已定，与瑛相识时不过七八岁，我们看着彼此长大，然后再看着彼此的孩子长大。她的儿子，那个有着乌黑大眼睛的男孩儿，幼时常蹲在家门口，用一把大榔头在石板路上砸的可爱样子，如电影历历回放，让我不由莞尔。

到单位，因我穿了一身的白衣裤去上班，萍见了道："偏只是你还敢穿一身白！我是许多年都不敢这样穿了。"我微笑道："怎么不敢？纵然之前不敢，如今也敢了。"

白色是最华丽也是最朴素的颜色，适合年轻的纯净岁月，也适

细数流年

合在渐渐老去的时候。一身白色衣裙，可以是花的初开，是布的新练，是人生一无所染的无垢；也可以是色泽褪尽的淡泊，风雨飘摇后的宁静；亦是看清了人生底色，有些旧有些无奈的回归，之所以敢，是因为我知道我正在渐渐老去，已经不怕白色光芒映照到我的脸上。

在网上偶遇以前的朋友，很开心，就聊孩子，我问："上次好像听说你的女儿考上了大学呀？"

朋友笑道："如今已经在读研了。"居然有些年了呀，有点感慨，我又没头没脑地问他："很久了吧？你还好吗？"朋友懂我的意思，说："那时我还满头黑发，如今白了快一半了。"心中突然哽哽，岁月果然无情，不只是对我。而窗外的合欢树又在开花，一大片落花沾在新雨后湿润的地上，幽幽香着。

他又说："那时我能连续开上千千米的车，如今是不敢了。""不敢"两个字，听着有岁月历练的忧伤与无奈，我什么也不说，只是说："你生活的城市，空气还好吗？"想起年轻时一位朋友的话，如今更显意味深长：生命短暂，容易满足。

近来每天茶香水暖，且时不时与朋友小聚，虽不外乎喝茶吃饭聊天看景逛街之类，俗是俗，但充满了凡俗人世的可爱与久远。更多时候喜欢在家，泡一壶好茶细细喝着，女儿喜欢拿红茶兑了奶，母亲往往在茶杯里放一片新鲜柠檬，而我只用一只小杯，一杯杯慢慢续。

窝在大沙发软软的靠垫里看电视,邻国灾难的新闻,触目惊心得如同世界末日,除了害怕难过之外,更觉得江南风软雨柔的安宁,淡雅春色的难得,忙乱生活的丰厚,更莫说闲暇时与家人相守或与朋友相聚,全是岁月静好的温暖,分外地值得珍惜。

最让我幸福的是女儿越来越乖巧懂事,整天笑声不断,像明亮的阳光,始终照耀着我的生活。每天早上上班,经过小区中心的圆形空地,总是要穿过一大片晨练的人,比我老一些和更老一些的人,他们看上去悠闲自在,双手张开时就像鸟儿一样振翅欲飞。

匆忙的人生里,为什么总是要等到无法奔跑和飞翔之后,才会有了飞翔的翅膀?

三 细数流年

谁陪我看满天繁星

晚上十点,我在看电视,瑛打电话过来:"出来,吃夜宵去!"我犹豫:"这么晚了……"

那边凶巴巴地喊过来:"别和我装什么淑女!我们跑了那么远,现在车就在你小区门口,你还要怎样?出来,出来!"

我和她小学一年级玩到如今,向来百无禁忌,于是只有换了衣服跑出去,母亲很不满我这么晚跑出去,在身后嘟囔。而所谓夜宵,是几个发小聚在瑛的表弟的大排档里喝饮料、吃东西,边吃边说些小时候拆天拆地的顽皮事,回来时已是午夜。

从小区门口往家的方向走,老柳树的枝条在夜色中毛茸茸的,像收藏着无数秘密,风吹时轻飘飘地飞起来,抬头看了看,就看到了宝蓝的天,黯淡轻盈的云,还有满天繁星。心中突然一动,我已经记不起来有多少年没有看到过满天繁星了,再仔细想一想,仰头看满天明亮的星星的日子,只在童年。

那时夏季，许多人家在屋外搭了竹榻乘凉，我则是坐在小竹椅上，摇着扇子，听大人讲鬼怪灵异神仙之类的故事，又怕又想听；也有时躺在邻居家冰凉的竹榻上，面对着的就是满天的星星，一时迷迷糊糊半睡了，醒来时，眼前全是大大小小的星星，一闪一闪的。

人渐渐地大了起来，星星也离我越来越远，偶然看到天空上有几颗孤零零地挂在那儿，就像从童年遗落到如今。听朋友说，在内蒙古，躺在草原上，天近得触手可及，蓝得就像在海底，云在额头上飘浮，阳光透明清澈，最是到了夜晚，满天繁星又明又亮又大，在鼻尖上闪呀闪，让人真想伸手就摸下一颗来带走。这满天星星和纯净蓝天，让人心向往之，于是在心里暗暗计划什么时候到内蒙古去。

也许是老了，也许是天气太热，近来只觉得累，最喜的是窝在开了空调的客厅沙发上发呆睡觉，却总是不能闲了下来，强打了精神到东到西地跑，朋友间也疏淡了许多。我是个浅薄的人，容易向人诉苦，就有人问："是心累还是身累？"我苦笑，那样疲惫的感觉，茫茫然一片，天知道是身是心。到了秋天，星星也会慢慢褪色了。如果能在一个满天繁星的晚上，约上童年的朋友，只是坐在庭院里，喝茶看星星，也是好的。

三 细数流年

Xishu Liunian

把天空还给你

六岁，对于我的女儿川川来说，似乎是一个幼儿向小女孩的转折点。那一年，她因为生病没有上幼儿园，一个人在家的日子，应该是又孤单又寂寞的。

春天的时候，孩子在跟随我买菜时，看到了绒球一样的小鸡，就买了两只回家养在院子里。小鸡叽叽叫着，东张西望，惹得孩子一把一把往院子里撒米。一大群麻雀聒噪着，飞上飞下觅食，清冷的小院瞬间变得十分热闹。每次它们来，必定在围墙上探头探脑，接着喳喳议论一番，最后才争先恐后地飞下来，一有人，扑落落飞上围墙，看着你，也不飞走，照旧喳喳谈论，似在埋怨主人的小气。这个时候，川川就悄悄地躲藏在阳台的玻璃窗后面，笑逐颜开。小蓝儿就是这个时候出现的。

小蓝儿是一只虎皮鹦鹉，全身都是天蓝色，鲜艳的颜色使它在一群灰扑扑的麻雀中十分显眼，也许刚从谁家笼里逃跑，所以一点不怕人。它一出现，女儿就雀跃欢呼，然后蹑手蹑脚地走到院子里

细数流年

和它玩耍。麻雀们早已躲上院墙，可小蓝儿它不走，在小女孩身边跳来跳去，啄食她手中的米粒。也许它实在是没有觅食能力，也许它对人从不设防，总之，这种情况一直持续到深秋。

人往往是这样：喜爱一样东西，时间久了，就会不满足于远远观望，而是想得到它，拥有它，与它时时在一起。可惜我的女儿也不能免俗，她每天在念叨："天冷了，小蓝儿晚上睡在哪儿啊？要过年了，小蓝儿的妈妈在哪里，它和谁一起过年呢？"最后她肯定地说："妈妈，我想做小蓝儿的妈妈，好吗？"宠爱她的奶奶于是就用到了自己童年时的伎俩：在院子中心倒放一只竹匾，竖一只筷子撑着，竹匾下放一把米，而系在筷子上的那根细细的绳子，就延伸到阳台里，一脸坏笑的祖孙俩悄悄地趴在门后。

鸟儿们准时来享用每天的午餐，小蓝儿混杂其中，全然不知人类阴谋的步步逼近。它们边吃边谈，有如美食家在做例行评判，不知不觉就来到了那只竹匾下。当那只阴险的竹匾一倾而下，机警的麻雀嗖地飞走了，只有惊慌失措的小蓝儿在扑腾。川川这个时候的心情可用"狂喜"来形容，大笑着飞奔而下，摔了一跤。可是在从竹匾里往外抓的时候，小蓝儿像一道蓝光一下子飞到了院墙上，它不飞，好像还没有弄明白究竟是怎么一回事，所以还想看个清楚。

与此同时，小女孩惊天动地的哭声骤然响起，仿佛一下子天塌地陷，反正这个变故，已经超出了她的承受能力。哭声响起时，小蓝儿也一下没了踪影。

第二天我下班时，听见女儿的笑声从屋子里传来，钥匙刚插进锁孔，女儿就大叫："妈妈，你看！"推门进去，小蓝儿赫然就在女儿的鸟笼里。原来祖孙俩故伎重演，贪嘴的小鸟终于束手就擒。

也许本来就是家鸟的缘故，被囚的小蓝儿并没有什么激烈的抗争，平静地喝水、吃食，只有听见窗外麻雀的叫声时，它才会有点躁动不安。敏感的川川也看出来了，说它太孤单了，磨着我买了一只大大的笼子，还买了一只翠绿的虎皮鹦鹉做它的朋友。虽然可以天天看它，但是已经没有了等它来的兴奋。

第四天，早晨起床时，突然就看见小蓝儿已经死了。那只新来的小翠蔫蔫地蹲在它的边上，羽毛凌乱，神情委顿。我怕女儿大哭大闹，慌忙回头看她，只见她呆呆地站着，泪水无声地从脸上滚落下来。我拎出死鸟，女儿抽泣着说："妈妈，我们把它埋葬了，好吗？"我安慰她："别难过了，妈妈再给你买一只更漂亮的。"

在蜡梅花树下埋好了小蓝儿，女儿又去看那只小翠，一看就是半天，还轻轻地说着什么，看着她拎着鸟笼来到院子里，我终于放了心：被宠坏的小家伙并没有预想的那么伤心，所以也不用担心她会闹个不停。小川川讲了一句很有诗意的话，然后打开了笼子。

那句话是："把天空还给你吧。"

重新想起这件事，是因为我接到了一个女友的电话，女人常常会为情所困，即使是像她这样独立自信，在外闯荡多年的人也不能幸免。那时，她的幸福就像海绵里的水，似乎随时都会流淌出来，她告诉过我她的浪漫故事，那时两人过着清苦又幸福的生活，至今我还记得那个才华横溢的男人，深情地为她读诗的情景。

十多年后。她一次又一次打电话给我，问我："我该怎么办？""为什么会变得这样？"

我能说什么？讲世事的变迁、人情的无常？像她这样聪明绝顶的女人，又有什么不懂的？所以我只是静静地倾听她的诉说。

常在各种场合，特别是一些讲座上听那些御夫有术的女人介绍如何管理丈夫：把丈夫当一只风筝，无论他飞得多高多远，那根风筝线总紧紧攥在妻子的手中，什么时候想拉一下，他就得乖乖回来。我总是反感这些，首先我觉得爱是纯粹的、自然的，如果谈到了技巧和心机，无论如何都不能算是真正的爱情了。其次，我觉得风筝是一种玩物，是没有生命和思想的东西，用它来比喻世界的另一半，我们所爱的男人，也是不恰当的。我宁愿把他们比作鸟。他可能是与我们同在檐下做窝的麻雀，平平淡淡，为生儿育女操劳一生；也可能是那迁移的候鸟，为生存奔波，梦想一样从我们头顶掠过。他可以坚强勇猛如鹰，也可以温柔缠绵如家燕。总之，男人是各式各样的，有不同的品质和个性，如果我们心中真的有爱，那么不要在他们身上系上长长的牵绊。让我们把天空还给他们。

一袖陈香

菱湖的老房子要拆迁了,跑去开会听政策,结束后在屋子里乱找。

从工作到搬迁至湖城,我生命里最好的年华就是在这屋子里度过的,屋前屋后当年稚嫩的水杉,如今已经成材。屋子好久没有住人了,虽然紧紧关门闭窗,却仍然是一室烟尘。阳台外大大的院子,墙上地上都爬满了爬山虎,秋阳蔼蔼,叶子渐渐成了红色。兰花在墙角稀疏而寂寞,佛肚竹却蓬勃茂盛,叶子大得像箬叶。

乱找一番,我难以想象,怎么会有那么多的信?多到吓我一跳。当年想必是一封封写过回信的,我的青春年华中有多少个静静的晚上,在一盏台灯下,写下了这么些带着感情的文字?谁收到了?还有谁记得这些?

一封一封翻过去,仿佛在寻找,那些写过信的人,有的如今仍然是朋友,而有的却早已经杳如黄鹤,不知去向何处了,心底的那份美丽,却依然留在这已经泛黄的信笺上。

三 细数流年

随手翻到朋友的信,青春脆弱的她在信中这样写着:老是想着生的意义、死的意义,也许是落入了一个圈套。想到前些天开玩笑开到两个人不说话,我不禁微笑:这么多年的积淀与相知,到这么老了偏会像孩子一样作怪呢。

有些信,好像早已经忘记了,但是打开时仍有当年一样的惊心。生命是多么短暂啊,短到什么也不能真正忘记,什么都能重新想起,而可悲的是,我们只能回头看看,却永远不能重新来过。

所有的信都分人用各色彩带扎开,有一札信特别地用白缎带扎着。那个写信的人离开我们有许多年了。那样潇洒出尘的人,那样漂亮到无以复加的字,那样的才华横溢,如今我仍然难以相信我们已经阴阳永隔。

还有些信写到爱与喜欢,当年的我,与今天的我是何其相似:内心炽烈却又孤清,那样不肯体谅他人的苦心。也不知道冷漠的样子曾伤到过多少人。好在这一切已经过去。

大量的信来自一个人,那样认真说过的话,如今已经成为云烟。记得还有烧过信件,不说也罢,总之过去了。

在老橱里找到红木方盒子,细致紧密的木纹与朴素的式样,让人认为它是懂得诗书礼仪之中的清简之美,它好像曾经有一只盖子,但是没有盖子,也是一样好。

还找到一只开裂的红漆描金小圆果盘,这是我小时候玩时装东西的,虽然是个小果盘,却精致至极:整个盘子是用一块整木雕刻而成,上面描金的是折枝花朵,深浅不一,可惜硬木裂开了,曾有收古董的人看上过,虽是个破东西,但我却不肯卖掉,因那么多童年记忆,像透明的花朵依附其中啊!

　　意外地找到一个老瓷壶与七只紫砂壶,紫砂壶大都是手工的,而我记得的只有两只。它们来到我家之后,一直静静地等待在岁月里,等今天的我看见,就像痴心的人等待另一个人的幡然悔悟,它们终于等到了,而它们的优势是:它们永远不会老去,它们有等待的时间。

　　看到青春时光的照片,我又怔忡地呆了许久,再也没有这样明亮的额头,再也没有这样无邪的眼神,再也没有这样纯净的笑容。

　　满满两大铁盒子的是各种证书、奖状,诸如此类。我一向落后,居然也会有那么多红书本,真奇怪,更奇怪的还有那些书,居然有《篆刻入门》之类,是我买的还是人送的?已记不清了,不少书是我细心地用牛皮纸包着,夹着防蛀的樟脑纸,顺手找了《红楼梦签注》拿来看着,居然书上有少年时写的心得。

　　这样的中午,我百感交集。阳光透过纱窗照进来,旧时屋子旧时景,只是人已经暗换。不再是我,不再有那个在秋风里暗自伤神、看到花开也要落泪的瘦弱女孩儿。

三 细数流年

到菱湖上小学，我跟母亲，住在一个叫朱家桥头的老房子里，在那儿度过童年时光，直到高中毕业。

当年的廊屋、小桥，只剩下了两块条石。小时候帮母亲去泡开水的弄堂，那时和小伙伴一起玩的小院落却宛然犹在，一株柚树长得高不可攀，老屋颓垣里住的全是一些老人。

有个老人坐着晒芋艿，和他聊了一会儿，才发现他居然是我们一个小伙伴的父亲，当年他是个高大壮实的中年人，怎么就这么老了？我不敢和他说起，逃走了。

往事莫追。

已经好久没有遇到这样的情况了，我拎着相机走，大家三三两两在研究和讨论我，甚至有胆大的问我："你做啥拍老房子？是不是要拆迁？"

我笑笑不说话，继续走，因为我不能告诉他们：老房子的记忆是春天的记忆。今天的阳光如此明媚，照耀在这些年轻记忆之上，我不知道这些记忆还能留多久。所以，我用相机拍下来，这样的阳光可以在以后的冬天里用来取暖。

平原上花开一片

如果说我的心是透明山峦中的小小盆地,珍藏着许多不敢随意挥霍的颜色,你就是那一望无际的广大平原了,穿过许多远去的年代,回眸你一如既往的微笑,我心里仍然感到平和温暖。

风和雨,爱和恨,早已叫我忘记了少女的心跳,为什么看到你偶尔的信我会低头,让泪水慢慢润湿历尽风霜的脸?平淡而深挚的关怀,曾是我浪漫青春轻易放弃的随意,为什么今天却让我震颤而且不忍放下?

闪电和火焰,高过云天的大山,这一切令人怦然心动和一再惊叹,可你只是无处不在的阳光,若有若无的风,宽阔的夜空和永远宁静、永不喧哗、永不炫耀的平原。是的,平原,平原让我想起你不着痕迹的爱,想起你不着一字的微笑。坦然、诚恳,从不表白你的心,那随缘随意的无垠,一花一草一木,似是精心安排,又似无意铺陈。从不说已付出什么,从不因付出而索取,你说,拥有的一切已经令自己满足,让今天的我满含温柔的感动。

三 细数流年

　　谁在宿命里安排？那漫不经心的节拍时断时续，余音在耳边缭绕不已。永远泥泞的山路、层叠的山村和古老的天池。我长裙如风，掠过一季又一季、一年又一年，却总抹不去这些痕迹，像一个怀旧的老人，在冬日暖暖的阳光下，在古铜色的竹椅上，眯着眼，怀抱一只慵倦懒散的猫，慢慢地、一件一件地回想与你有关的一切。

　　你早已离我远去。今天的你和我，已不能再说什么，永远不能。我沉浸在自己的心境里，那么深，回忆没过了我的头顶，以至于没有人能够看清楚今天的我。我看到当年的骄傲，那样幼稚地拒绝你，却永远不肯说出后悔，时间匆匆走过平原，领着我们走向新的生活。

　　平原上的野花开成一片，也许只开一天，可所有的花朵都无忧无虑，仰天齐唱。我是一个多么渺小的女人，却一直梦想惊天动地的不凡爱情，以至于忽略了你平凡却真实可依的感情，坦荡如平原的胸怀。

　　我的心是小小的盆地，低矮、隐秘，仍有平原的风不停地吹过。

四　暖意流转

遇见过风雨，遇见过眼泪与痛彻心扉，
长夜无边遇见过恐惧，
人海茫茫遇见过孤单无助。
当一切成为背景，我遇见彩虹。

一针一线里的深情

衣服，我喜欢穿半旧的那种，即使上面有洗不掉的小小污渍，也如多年好友的缺点，是妥帖而自然的。凡到商场去买衣服，我都是拖上女友同去。若是没人鼓励，我是绝对买不成衣服的，因为试衣时总觉得新衣服有一种陌生而奇怪的气息，不适合自己，买回来的，也总是风格雷同的衣服，以前瘦，喜欢色彩淡雅的淑女风格，特别喜欢束腰的大裙子，买的做的就是这一路，走在路上晃晃荡荡的。如今胖了，喜欢的是灰扑扑的休闲风格，不求人夸颜色好，只图自己舒服，打开衣橱全是灰黑的，我家女儿说我是"黑帮"。

衣物也可以承载人的感情，所以我不太舍得扔，至今仍然收着女儿婴儿时期的衣服，有些还是我亲手做的，偶尔打开，小小的，散发着樟木的香与婴儿的奶香，仿佛以前苦苦拉扯她的岁月倏忽打开。而我母亲则收着一双极小极精致的婴儿鞋，真丝料，深紫色细碎小花，鞋口同色软缎滚边，是她做姑娘时做旗袍多下来的面料，亲手给我缝制的，手工细致，看一眼就让人心软得不行：我当年的

四　暖意流转

脚真是小啊，比蚕豆瓣也大不了多少。

衣服陪伴我们，它们大部分都被默默遗忘，但总是有几件，故人一样被常常想起，而这些记忆往往来自童年。我上幼儿园时，有一条从上海买回来的粉底小花连衣裙，胸口有一小块白色，用彩色丝线绣着小鸭子。那个贫困的年代，穿了这条裙子就像公主一样啊，老是有人来借它。还有一件粉红缎子棉袄，棉袄上织满了晃眼的金线，是舅妈买了零料替我做的，做得很大，穿了三年。这三年，比我小五岁的表妹总是眼巴巴地盯着我的漂亮棉袄，不止一次地悄悄对我母亲说："姑妈，这件棉袄要给姐姐少穿几次噢！"——我少穿几次，她穿的时候就可以新一点。

这件棉袄，也是表妹的童年记忆，如今已经是银行行长的她说："姐姐，你知道后来轮到我穿这件棉袄时的狂喜吗？棉袄总是要有罩衣的，我却总想把罩衣撩起来给人看，后来想啊想了一个办法，穿短的罩衣，棉袄的边边就可以露出来了。"

记忆里唯一的红衣，已经是二十多年前的旧事了。那是仲春时节，花正红，我正年轻，那样纯粹的红色与那样娇艳的青春，像悠扬的长笛那样明亮，飘浮在一切音乐之上。那是我亲手做的衣服，从设计裁剪到缝纫，很飘逸的款式。一转眼啊，梦里花落知多少。

衣柜里是一件正红的羊绒大衣，琴琴送我的，在一柜灰黑的衣服中，像正午的阳光那样明媚，有个词叫"破闷"，这衣服就是。

这不单是一件漂亮的衣服,更是好朋友的心意,记得当时细雨微寒,天色黯淡,当它从展示柜里被拿出来时,世界一下子有了光泽与色彩。仿佛是为我量身定制,多年来我从没有想过,我依然可以拥有这样纯正明亮的色彩。

一个人坐着喝茶,紫砂壶、青瓷杯、竹茶海,茶垫也是竹做的,画着工笔的仕女,音乐隐约——而主角是那名叫大红袍的茶,红得深挚又莹透,香得入骨却是淡雅的,是一种不露痕迹却又知心着意的好,像患难中的一双援手,像孤单中的一曲琴音,更像寒风里的一件红大衣,温暖的不仅仅是身体,还有眼睛与心。一款茶,只是叫了大红袍那样看似平常的名字,便徒生诗意,让人心生欢喜。

有一年,在菱湖老家的园子里晾衣服的铁丝上,扔着一件黑白细条纹的粗布中装,袖口与肘部都破了,用细密针脚补缀着,我问:"哪来的,这老古套的衣服?"母亲说:"在纸箱里看到的,粗布衣服吸水,扔在园子里当抹布正好。"

父亲回家后,看到铁丝上的衣服感慨万千,叹息着拿下来细心折叠了,收起来,嘱咐我:"以后我不在了,这件衣服就和我一起烧了吧。"原来这是祖母亲手给父亲添置的衣服,慈母手中的针针线线,密切的心意,仿佛潜伏着遥远的信息,让少年丧母的父亲在七十年之后仍然红了眼圈。祖母走后,这一生,谁还会那样不计回报地爱他?我想起父亲说起的那些场景:年轻的祖母坐在梳妆台前梳头,乌黑的长发一泻而下,几乎挂到了地上。祖母一手拎着提桶,

四 暖意流转

一手抱着体弱多病的父亲,沿着石板路到河埠头去。农忙季节,祖母煮一锅平时不舍得吃的腌肉、咸鱼给短工开伙……父亲去世后,按他所嘱,我让这件衣服陪他一同去了,纵然一个人走向未知世界,有这件母亲做的衣服陪着他,一路上总不会孤单了吧?

细　雪

门外雪消

记得刚到湖州时,有一年大雪,雨人来电话道:"星星,出来,一起看梅花去。"

雪中访梅,自然是极风雅的事,但窗外雪花翻卷,行人杳然,看上去就很冷。我知道倒不是他当我是个知己,而是他知道我是个率性而为的人,偏偏我又贪恋空调里的温暖,便村妇一样回答道:"发痴啊?冷死人的,不去。"也不知道他最后是否约到了人,去还是没去,如今还记得不?

有一年下雪,和落落到宜兴去买茶具,路两边是浓绿的大樟树,大雪如鹅毛,却阳光明亮、天空奇丽,两个人一路笑一路说,我怀里拥着新买的物件:壶啊,杯啊,一捂着,便生有暖意。还有一次下大雪,也是与她,特意开了车去拍照,踩湿了鞋袜,丢了我的灰色羊毛帽子,自此那条同一款的披肩便失了宠。

四 暖意流转

也曾独自去拍大雪，呵气成冰，天地皆黑白灰，有如水墨。

早春时曾接到寇兄的电话："星星，天这么冷，过来孵炭炉不？有好茶喝。"当时正忙，我便说："等下雪吧，窗外飞雪漫天，到你那儿围炉喝茶吃烤薯看古董，岂不是好？"

却再也没有下雪，今年又曾与人约："若下雪，不论手中忙什么，皆要放下，一起去太湖边看雪如何？"天气一直阴晴不定，很少见到阳光，也一直不见下雪，让人郁闷。

微雪初来

那天早晨送女儿上学，时间很急，车开得飞快，天茫茫然一片，只当在下小雨，送好女儿，静静地开车，看小雨细如牛毛，银针一般坚硬锐利，心中微微一动：真像那年在鲁朗林海中看到的雪啊！

仔细看去，果然是雪，它们一遇到我温暖的车窗，瞬间就化了，比昙花还要短暂，比蜉蝣还要轻微，在有与无之间，雪花的开与谢，只在刹那间。

想起曾与人相约看雪，不过这下着的，算不算是雪？若不算，它确是雪；若算，也未免太牵强了些。世间的不确定因素实在是太多了，人与人的相约，究竟有多少是可以信守的？因为抱柱守信，而丢失了生命的尾生，实在是傻的，其实傻瓜很多，我也能算一个。

还有一天，也是送女儿上学，回来时路过仁皇山脚，只觉天色苍茫，与往日不同，细细看时，原来山上树间有薄薄积雪，山色淡淡灰白，格外遥远，心也随之变得茫然。

原来在静静的夜里，在我熟睡的时候，雪已经悄悄地下过了。

见雪思人

替父亲选墓地时，喜欢久安公墓的静谧幽深，坟地选在公墓偏东的山坡上，可眺望远处山间的公路，不致太过寂寞，左侧只是岩石与山坡，苍松成荫，春天时整个山坡全是深深浅浅紫色的野杜鹃，而秋天时对面山上皆是明亮的黄色，美极了；山窝着，冬天大雪封山也当是温暖无比；坟前有一棵老松，不大，形状盘旋如伞，气质绝佳。想起父亲一向是有浪漫情怀的，于是便将他托付给了此山。

去年夏季去父亲坟上时，却看到因起了山火，满山树木皆成焦炭，火还殃及了父亲坟前的老松和坟边上已经长得很大的两棵翠柏。

心痛无奈，又能如何？正好认识了一个自己有林场的人，于是央求他春天时替我选两棵柏树来。前两天上班时，他将树送到了单位。本来想得很简单：找个朋友同去，将树种了便是，却听人说在坟上种树是有讲究的，那人偏又说不清那个讲究来，我素来心糙，最听不得各种讲究，心里想着，不就是两棵小树吗，自己也许也能种的。

四 暖意流转

星期六，微雨夹杂着小雪，向邻居借了一把锄头，将它与树一起放在后备厢里，一个人就出发了。天气奇冷，路过的山林与村庄皆是空空荡荡的样子，没有什么生气，一片片的老桃花林子，旧油菜花田，都还在冬眠，世界清冷，隐约有风吹过的声音。偶尔闪过的玉兰花树，捂了毛茸茸的蓓蕾，终究有了春天的消息。

人间故事

其实将那两棵翠柏放进后备厢时，我就知道凭我的力量是种不好那两棵树的，因为我一次只能拿得动一棵树，只是将它们放进后备厢，就觉得沉重，我的手已经被柏树上的小刺划了几道小口，又痒又痛。

在路上已有悔意，怪自己不知道轻重，久安陵园管理本不好，从山下到父亲坟上，是没有现成路的，一个人空手走着就不容易，怎么能同时带上两棵那么沉的树，还有一把锄头、一包酒菜香烛之类的祭品？一时纠结不已。

车到陵园入口时，却见一排废弃已久的破房子前站着几个身形矮小的外地人，一个女人背着婴儿，几个男人三三两两地聊天。我壮壮胆，停了车问："请问，是不是可以帮我在那边坟上种两棵树？"

几个人停止聊天，探究地看着我。我结结巴巴地补充道："要多少钱，你们说好了。"

一个男的开口道:"你自己的坟?种多少棵树?"

我吓一大跳,大声更正道:"是我父亲的坟,就两棵小柏树。"

男人有点失望,道:"是是,是你自己家老人的坟。只有两棵呀,你说多少钱?"

我怕他们敲竹杠,坚持让他们说。一个女人犹豫了一下,用敲竹杠的语气大声道:"只种两棵树啊?也是要付十块钱那么多的!"

我没想到会是这么个数字,也是吓一跳,说:"就二十块吧。"

从坡上飞一样奔下来两个中年男人,在我车上拿了树与锄头,上了山,走了一半才想起,回头问我:"在哪儿?"

我走着走着又像迷了路一样,从岩石上翻过去时,他们俩像猴儿一样上去了,而我脚底一滑,差点就从大石头上掉下来。

雪中恩人

种树的过程持续有半个小时以上,很难,原来的两棵树居然是在石头上挖了两个小凹坑种的,五六年了,树不大,根却极深,挣扎在石罅缝隙中,长得满满的,挖出来本就难,种就更难:要将那两个石头坑刨得更大。

看他们两个在石头上使劲刨着,咬着牙,一时石屑纷飞,我站

四 暖意流转

在小雪夹杂着小雨的寒风中,摸着揣在口袋里的二十块钱(因怕麻烦,包没带上去),心里十分过意不去,便问他们是哪儿的人,住在这坟场屋里做什么。

他们是来自贵州凯里的,来替这儿的老板上山砍树,一百斤树,从山顶砍了运下来,可以得十来块钱。如果在山脚,便只能得七八块了。今天因为下雪,山坡上打滑,不能运树,便停了工,大约到了清明时,他们就没活做了。

我惊道:"凯里呀,我有个好友叫蓝黛的,就是那儿的人呢!"又问他们:"你们住在这样远的山里,吃饭买菜怎么办?这么便宜的工钱一天又能赚多少钱啊!"

他们说,买东西就走到城里去,不算很远,钱也能赚到的,一天可以砍一千多斤树呢。我想起有一年我上坟找不到车出山,走了整整半天还在山里的事,突然有些酸楚。

说话间,树就种好了,他们还去找了一桶水来浇上。我一迭声地感谢,那个年轻些的郑重道:"你给了我们钱啊,不用谢。"我犹豫道:"如果你们不介意,这些祭奠用的肴菜,还有一包烟,也送你们好吗?"

那男人见是一包中华,大喜,郑重地放进胸前贴身衣袋中,年轻男人拎起我放菜的纸袋,也是一脸惊喜。

细雪如针,闪闪发亮,衣服潮湿寒冷,我心里却很难过,感谢这些雪和来自山里的人。

雪中的人

回来叹息着与老母亲讲起这事,老人心善,道:"哎呀,只是不方便,不然送他们些吃的穿的用的也好,要不,你清明去上坟时捎上些,他们要是还在就送了他们。"我应着,其实这又有什么用?这样的赠予,对他们的生活状态不会有任何改变,不过是用来安慰我们自己脆弱的心罢了。

隔了一天,女儿要吃肯德基,带了她去,两个人吃完又打包,不过一百多块钱,我却突然没头没脑地说:"要砍一千斤树呢!"女儿诧异地看着我,说:"你说什么?"

在那样热闹的空间中,我什么也没有说,如果有时间,我很想带她去看看那些在山上劳动的人,让她看看不同的人生。

和朋友聊起这件事,说起那些人,之前听说有些外乡人会摘了村民的蔬菜吃。现在想到砍好一百斤树从山上拖了下来,也只能在菜场买两三斤青菜、两三斤米,对于他们,心中便只有不忍。想一想,要走上几十里地,用砍了几百斤树的钱去那么远的地方买菜,这样的情况下,在地里偷摘些青菜之类的事,也许我们也会做的。这些天还在断断续续地下雪,在小雨中夹杂着冰屑,我盼望天能早几日放晴,只愿现世安稳,大家都能越过越好。

四 暖意流转

一帘春雨里年年月月

单位有几个男同事喜欢收藏,每天上班前,几个人拿着新得的宝贝或者以前家里收着的旧物讨论一会,各自饱了眼福或者炫了宝之后,心满意足地开始一天的工作,我们称之为"鉴宝会"。我一个不知好歹的女流之辈,因为贪玩也混迹其中,自个儿的小玩意儿、几块玉、家里老人留着的盒子之类,也巴巴地拿去,大家传递着看了。

因为都是多年同事,说话便少了顾忌,我一向口无遮拦,虽然不懂,但却敢说。那天孙告诉我,他得了一方闲章,有些年头了,问我懂不懂得篆文?刻得好不好,能看出来吗?我老实告诉他:"刻得好不好,真的不太懂呐。"想一想忍不住又说:"你喜欢,就是好的,什么又好得过'喜欢'两个字去?"

第二天上班,办公桌上放着长长的一条粗纸,纸上红彤彤排着一样的六个圆圆的印章,篆文是阴刻的,四个字: 一帘春雨,是一方寿山石,石质与篆刻似乎均是平常,也无落款,却因为时日已久而莹润可喜,一些细小的擦痕、碎了的边角,是时间之手刻下的记录，而我喜欢那四个诗意无限的字：一帘春雨。

"帘外雨潺潺，春意阑珊"，不是润物细无声的那种蒙蒙细雨，而是要再稍微大一些，在古老的屋檐下的石板上节奏缓慢地溅起来，如记忆中那样断断续续，一下又一下，仿佛永远牵扯不完，仿佛空虚处有无穷无尽的一匹珠帘，凭空扯断了，落也落不完。想起女儿小学一年级时的作文："雨像透明的珍珠一颗一颗往下掉。"一颗一颗，可见其缓，犹如慢镜头。

不知道何人，在什么时候，在何种心境里，刻下这四个字留给今天的我们看？春雨如帘，帘掩着谁？那人又是怎样的心境？一切均无从想起，唯其如此，才充满了无限的可能，让多少年之后的我仍能悠然神往。

脑子里乱七八糟地挤上互不相干的一堆词来，相对这一帘春雨的诗意与信息量来说，琼瑶的一帘幽梦，太直白浅显而变得毫无趣味了。

正是江南春雨夜，此刻窗外也有雨。窗帘半掩着，听得见细细碎碎又缓慢的雨声，虽然是刚立春，雨声却声声慢，绵软如丝绸。此时蜡梅欲谢，清香淡到若有若无；白天见茶花艳色褪至半旧，配这寂寞的雨声是最合适不过了。

这雨声簌簌，配我现在的心情也许再合适不过了吧？这一刻我是旧的、老的、无所事事的、悠闲自在的，想起来人生也不过如此，

四　暖意流转

曾经以为刻骨铭心的，也许可以淡至无痕；以为会背负一生的，如今也能轻易放下；曾经无比重要的，也不过是过眼云烟。唯一要用生命去守候和呵护的，是亲情，是爱，为此所做的一切都是值得的。谁言荼苦？于我，甘之如饴。

下半年，自己小病一场，拖了些时日，拖累家人为我担心，农历年前，女儿与老母亲又相继病了，虽然也不算很重，但看她们惊天动地地咳嗽，担心难过得只恨自己不能代替。在这些日子里，我的世界缩小到只有这至亲至爱的两个人，每天关注的也只有饮食医药，世上时局风云，甚至春节的来临，只是淡淡的背景。

春节十来天，足不出户，不过是整理打扫烧煮侍疾，楼上炖锅里两只炖盅整天整夜炖着川贝雪梨、石斛、香橼之类，沁人心脾的药香终日不断。爱无语，日子仍是温馨，虽算不得事事如意，却像这一帘的雨声，有过程有味道，能把持也有期待。

春雨如帘，隔离一切，让我们和这喧嚣尘世有了隔阂与距离，只和自己的内心在一起，看得清自己真正在意的一切，就像某个重要的时候，比如除夕，我们要与真正的亲人一起度过，守着内心的一炉炭火，看到永远与相守，不离不弃，无论岁月如何变迁。

记得将那个老石头还给同事的时候，我一改平时乱说一通的风格，道："嗯，虽然我不懂，还是觉得蛮好的啦，这么些钱买的，值得的。"

同事看我不乱批评一通,大喜,说:"是嘛,你看多好的包浆啊!难得呢,是吧?你是识货的嘛。"

我微笑道:"我喜欢'一帘春雨'四个字。"

四 暖意流转

Nuanyi Liuzhuan

生命中细小的幸福

还在夏秋之时,慧慧就在工厂替我定做了短靴,前天终于到了,她特意开了车送到我办公室。正好到中午下班吃饭了,替她泡了茶,两个人边喝茶边聊天。

说起前两年两个人得了空,常常拎了相机去拍照,今年却很少,感慨一番:前些年,单单是银杏黄时,便要往长兴赶几次的。记得还是三年前在太湖边有一片白桦林,特别蓝的天,透明纯净,那次的照片漂亮得无以复加,如今那个林子已经成了一座桥堍,树也没了,曾经每年拍的芦花,也快谢了吧?

我纠结道:"上个星期天我去买菜,有个小浦的村民告诉我,银杏已经黄了。"

窗外阳光明媚,秋天纯净的气息,像是有长笛声一样悠远。世上的事,变幻无常,一切难以把握难以预测,也许明天就会有一场冷雨一场风,谁知道呢?那么又要等一年了。既然空谈不如行动,那么还有什么可以等待和踌躇的?于是饭也不吃,开了车就向长兴奔去。

　　一小时后，两个人在长兴陈家小院相对坐着，空落落的院子中没有其他客人，菜是山里的笨鸡与土菜，院子里有一株老桑树，一只狗，阳光暖融融的照着，仿佛听得见院墙外银杏树黄金的树叶落下来时金属相碰撞的清脆声音。

　　时光无限，生命无穷，一切美好的事物都与我们有关，一切尘世的纷争与悲惨的心情都远离我们，多么蓝的天，多么纯粹的阳光，多么好，在这一刻。

　　今年因为银杏收成太好，长了太多的果子，那些叶子没有黄就掉了许多，所以虽然时间正好，天气不错，我们想象中的，也曾经见到过的无边金色并没有出现。是啊，不是所有的一切，只要努力了就能到达。虽然有些遗憾，好在我们并不是追求完美的人。

　　生命中的喜悦，原不必刻意等待与追寻，回来时在路边邂逅的枫树林子，仿佛是蓦然回首时见到灯火冷落处的那个人，秋天斑斓的色彩，像油画那样浓郁，也像历尽沧桑的人生那样厚重、多层次，这是我最喜欢的季节，这片美好的树林，与这一地心形的叶子。

　　我要学习树，可以将心变得炽热通红，也能将炽热的心轻轻放在尘土里。近来的慵倦，除去身体的原因，仿佛觉得生活之无聊与无趣，对于朋友的生活挫折，我并没有任何形式的表达，是因为我相信，所有的一切艰难与苦痛，都是可以独自撑下来的，种种体验、

四 暖意流转

独自挣扎，会让人的内心变得强大，而无论是怎样的安慰，都是空洞无力的，只是暂时的麻醉，改变不了什么。

经历使我们更加懂得珍惜生命中细小的幸福、健康平安的喜悦、布衣相守的难得，让我们为平凡的事物欣喜，并始终拥有潇洒无碍的明亮心境。希望分离的人仍能互相祝福，祈祷生病的人能平安归来。

残雪里的蓦然回首

前些时日听到有人说,树越是经历时间,越是丰盈美丽,人却太容易在时间里凋落了。当我想起在童年时的家后面弄堂那一头,邂逅那一树素心老蜡梅时,心里陡然涌上的,也是相同的感慨,在我七八岁刚上小学时,它就一直那么老,隔了墙头开着那么多花,如今几十年不着痕迹,她似乎开得更好了。

所有一切依稀在目:那个小小的我、瘦弱的我,那个有着柔软头发和满腹心事的孤单小孩,因为父亲在外地工作,妈妈要上夜班,冬天放学时常一个人从蜡梅花树下走过。夜晚,一个人在弄堂尽头的平房里,一边做作业一边感到害怕。而更多的是童年的快乐,像从天空高处落下色彩明亮的花朵,在冬季的残雪里绽放,那时最好的童年伙伴,如今仍然是我的好友,这是人世间最珍贵的财富。

然后是少女时代,江南水镇的老街,青瓦灰墙的背景,依稀有人曾写过:"多桥多水,半是柔情半是哀愁……"隔了那么些年代看见当年的自己,青涩怯弱,安静却内心骄傲,白衣黑裙走过小镇

窄窄的长街，长街尽头是小桥，小河边老槐树上槐花如雪，对面是廊屋，它们一一映在水面，宁静得如同画卷。

转过桥头，走几步是家，在这屋里画画、写诗、绣花、制衣；读宋词和诗经；复习、高考；学围棋与箫；微笑、沉吟、忧伤、哭泣。屋子外面当年是一个小花园，春天碧桃花开成一片，落在我黑色长发和白色衬衣上，拂去了又飘落，谢了又开。一年又一年，年年花相似，岁岁人不同。

有雪，白如往日，遮盖了愈见破旧的屋子，屋子的背阴处蕨草猛长，那些影子里，走过曾经悄悄喜欢过我的男孩儿，如今又在何处？

细数流年，残雪如纸，旧纸已蚀，不堪记往事。

我家搬离老街之后，到了东栅，仍与父母同住。上班、结婚再到生孩子，直到调离菱湖，如此种种，就像一个故事越写越入了俗套。但是，作为个体的我，每一次转折却一一铭刻在生命的年轮里，爱过、痛过、经历过，永远不会忘记。每每想起时，微笑有之，黯然有之，随着时间的推移，所有的一切，渐趋明亮与美好，哪怕曾经是伤害与尖锐的痛，如今也已经能够淡然面对。每一个人，都有自己的轨迹，所有的相逢与分离，所有体验与经历，都是我们生命树上的花朵，我希望因此变得丰富和美丽。

四 暖意流转

Nuanyi Liuzhuan

走过秋雨秋风路

这两天早上坐公交上班,到天盛花园下车,走小路,过庑儿港大桥,再拐个弯沿街走一程,便到了单位。路是同事指给我的,之前上班一直打车,从来没有看过沿途景色。

虽然节气已经过了"大雪",但是江南却仍是一派秋色,我特意走在路边绿化带里面的小甬道上,银杏叶落了一半,树上树下全是纯粹的金色,没有半点杂叶。春天一树粉红的海棠树,如今它们的叶子是嫩得橘红,还有枫叶,红得发紫,路上的树枝色彩斑斓,如同画幅。

我走在小路上,堆积的落叶铺了一地,踩上去特别松软,发出沙沙拉拉的声音。我心里面也在轻轻地响,沙沙地,仿佛是风的声音,也能听到水的声音,在过桥的时候,水流是缓慢的,不疾不徐,正是江南人温婉的做派,也没有什么声响,但是我能听到那些静寂中的声音,水流宛转,如同音乐。

因为有雾,浓淡不等,湿润而微寒,在我身边涌动,是稀释了

四　暖意流转

的河，是河中那不安分追求自由的水分子，逃脱了河道的约束，一路飞翔，在我耳边吟唱。仔细看一些小树枝上，它们停滞下来，有如冰晶。

秋天是一个极端的季节，一方面，它是浓郁热烈的暖色调，广阔而明亮。植物们在凋零落叶之前绽放最绚丽的色彩。短暂的辉煌，将所有积蓄的热情挥霍一空，如同燃烧，如同表白，然后飘然而去，不再遗憾。另一方面，天空淡泊，阳光轻微，湖水灰蓝，芦花飘零。放眼望去，一切皆清冷而萧索，不可挽留，让人徒然忧伤。

人生到了中年，也许也是这样，所以我喜欢看一片金色灿烂于枝头，喜欢朋友们相聚而笑，也喜欢空山无人的寺院，还有寂静的湖畔。也许到如今终于也能消受得起最细小的欢喜与微微的心疼。

家门口的银杏树，早上上班时还有半树黄灿灿的叶子，下班时看到已经全落在了地上，树上只留下了几片，仿佛随时准备飘下来，心里纳闷了一下：只是雾呀，也没有风没有雨的，怎么这么快？

其实也不算什么，前天朋友约了吃饭，是因为以前一个画家朋友从北京回来，说起又是几年没见到了，便有些感慨。他之前邂逅我，居然没有马上认出来，在席上道歉了几次。我笑道："总之是与老有关，要么是我老得你认不出来了，要么是你老得眼神不好了。"

晚上在电脑前打游戏，女儿坐在一边和我聊学校的事，絮絮叨叨聊了很久，从老师到同学，说了一个多小时，她替我倒的水是兑了凉开水的,喝上去刚刚好。窗帘垂着,窗外便是另一个世界。窗外在下雨,这样的雨,想必是冷的,要是在这样的时候走在外面,是多么不幸的事,冷、湿、黑。我在家中,穿着丝绸的棉睡衣,灯光明亮,一堆零食在手边,女儿粘着,所以是幸福的。明天早晨起来,有许多树的叶子要掉光了吧,北方已经在下雪了。

小家伙去睡觉之前,在我嘴里塞了一颗吉利莲巧克力,甜而且香,窗外的雨听着就悦耳了。

四 暖意流转

Nuanyi Liuzhuan

山中方数日 世上已千年

那日到长兴去,大雪初霁,空气清洌,是那种直入心脾的干净与寒冷。阳光从群山后折射过来,含水量很高的空气中有隐约的光晕与虹。站在高处,山谷里有一座座村庄,雪覆盖着的屋子沐浴在暖阳下,闪闪发光,美丽得不太真实。

回家时,已近薄暮,天色一点一点暗下来,寒意更深,在广阔又陌生的山间,人是这样渺小而无助,突然我觉得很孤独,就在路边的斜阳里看到这样的土屋,积雪的屋檐下炊烟袅袅而起,随风嫣然散开,仿佛是古时候男耕女织的年代。

谁与谁相守在这人间仙境,过着清贫又富足的日子,一直到如今?七仙女与董永?还是牛郎与织女?坚冰一样的心温暖地融化,远处的山峦变得有情,山上的白雪见证了心中的纯净。

有人和我说起,喜欢乡村的宁静淡泊,想这样静静地在乡村度过一生。说这话的是在城市里生活得不胜其烦的人,他们为生活奔忙,心也在水泥钢筋的盒子里锁着。我在想,要是能在乡村的大槐树下，有一片小小的土地，与爱着的人相守，在简朴的屋檐下生儿育女，是多么美好的事。春天的落花盖满了石阶，竹笋在房前屋后突然探头，院子里的鸡雏，叫得比鸟儿更加清脆；夏季的傍晚，院子里的树荫下端放着刚摘下的瓜果，井壁上有纺织娘在吟唱；秋天的田野金黄，孩子们像马儿一样四处追逐；大雪封门，我们就待在家里，什么活儿也不做，什么事儿也不想，只是做饭，晒太阳，计算一年的收成，坛子里新糯米酿成的酒渐渐香过了墙角的梅花。

其实哪里有这样美好？这样的生活，已经忽略了那些艰苦耕作和寒风中的劳动，甚至忽略了一切的不如意，包括贫穷与无奈。我曾经看到过这样的家庭，所以我不会说贫穷到能听到风声也是好的。虽然我总是喜欢拍那些老屋，泥墙斑驳，破旧的墙角有野草蔓长，开着白色或者淡紫的小花。我只是喜欢那样的单纯，单纯的欢喜与忧伤，目的明确而简单，像乡村的路，泥泞却可以轻易看到尽头。

况且，如歌一样单纯的日子，其实我们也可以拥有。如果也能忽视那些不如意；如果我们能要得少一些，再少一些；如果能够那样单纯相爱，为一个笑容而温暖，为路边开了一朵花而欣喜不已；如果能够在午夜无眠焦灼不安的时候推开窗，看到暗夜流星。

四 暖意流转

Nuanyi Liuzhuan

梦里想要住的地方

如果可以，再老了些，我要在这儿住下来。黛色远山，洁净茶园，澄明天空，风很大，内心有微微的喜悦。

活着，越来越觉得尘世间的负累，这样寂寞安静的地方，仿佛可以安放疲惫的身心。

在茶树与茶树间筑两间小小的平房，门前种些玫瑰，养一只狗、两只羊、三五只鸡，只当它们是家人，而门外来去自由的长尾巴山雀，则是熟悉的朋友。一个人住在这儿，心里还是有着爱的，细雨打在窗台上的时候，将书桌上的香草移至室外，做梦时会梦见过去，青春时光的长发像夜一样垂下来。最亲爱的孩子，像鸟儿一样飞向远方，诵一句：怒而飞，其翼若垂天之云。

喜欢过的人，是天边的山影，可忆可赏可怀念，也可遥望，却再也不会走近。这样远的距离，使一切有了美感。

结交附近村庄里的农家，轻轻松松地走动，说些桑麻茶叶、春

四 暖意流转

种秋收的话题。晴好的日子，坐在人家堂屋前看微风燕子斜，看日影移过屋子的廊柱，廊柱下干稻草又香又蓬松，温暖的阳光躲藏其中。更多的时候，在山里的茶树间走动，老茶树白色的花瓣薄如诗笺。

来了老朋友，或者有陌生人迷了路，都可以在门口的石桌前坐下来，春天汲了新泉泡银簪一样的茶芽，秋末就着老桑柴火，用铁壶慢慢煎煮柴一样的老茶梗，相对坐着，可高谈阔论，也可缄默不语。

新笋与园蔬都是现成的，若是客人谈到日薄西山尚未尽兴，那么就留下来吃了简单的饭，赏了山间月色再走。趁着月色送别，草叶间的虫鸣停歇了一小会儿又重新唱起来，水塘幽静，发着明晃晃的光，蛙儿听到脚步声，扑地跳进了水。

趁着明亮月色回去的朋友，你不要害怕，所有的声音都是音乐，山间并没有野兽。

当夜色四起，从我的窗台上看暮色四合，村庄里炊烟像麦子一样吐穗， 远处灯光昏暗隐约， 而头顶星光明亮。

这样的夜晚，我读你从前的信。

雪花飘飘过新年

今年我的春节是简朴而潦草的,一心三用:看春晚、上网、收发短信。零点,窗外全是爆竹声,女儿拉开窗帘往外看一眼就惊叫。

漫无边际的雪,在璀璨的城市烟花的光芒里,舞得又热闹又寂寞,那些晶莹的仙子啊,我好像能够看得到她们穿着芭蕾舞鞋的轻盈脚尖,停栖在我家的窗台上。窗外有几株合欢树,她们的肩上披上了银狐的披肩,高贵而宁静。

再远些,梅花淡红的花蕾上,雪积着,仿佛一夜花又开,此时梅借了雪的白,雪沾了梅的香,红尘知己,只一回首的缘分,却在相遇的刹那间分不清彼此。此刻已经是新年了,我房里的灯光照在窗外的积雪上,雪在灯光里闪烁,仿佛它本身在闪光。天空是橘黄色的,雪花仍然在飘落,斜斜地落下来,又像斜着往上飞翔。只是因为这一场雪,我的心如此明净,有着盛大的欢喜。此刻,会有谁与我同望天空,为这样无际的美景而叹息?

窗外的鞭炮声渐渐零落起来,雪还在下,夜静更深时的雪有一

四 暖意流转

种神秘，却无人欣赏。这些天断断续续写几个字，不是写字，而是留恋那种宁静的氛围，宁静得像回到古代，回到不能回想起的某个已经消逝的过去，但是我确定这样的时光和心情曾经有过。

我贪恋这样的心情，贪恋这样寂静无人的深夜，执一支笔的温暖。墨汁在纸上洇开，淡雅的香气弥漫，与玫瑰的花香丝丝相缠。呼吸匀和，内心宁静美好，时间纷纷萎落脚下，尘世里的忧伤与痛楚不能伤及我，而我写字的手渐渐圆熟如意，是岁月里的兰花在时光的暗处独自萌芽。

雪还在下，就像所有洁白而美丽的日子。

人生过程中的风景

那样激烈的咳,仿佛要将我的五脏六腑全咳出来似的。一咳,左侧的头疼得要裂开,不由得怪自己前几天出言轻狂,说烦了这样不阴不阳的感冒,不如正式生病。

上班时科长看我咳成一团,便道:"快抱上你的热水袋和书,上医院挂水去吧!听你的咳声,没有炎症才怪。"

被逼无奈,我抱上热水袋和书,去了第一人民医院。去了医院,发现好像半个世界的人都在生病,比任何商场都热闹。我九点出发,到处排队,等到挂上水时已经十一点三十分,记得在办公室还和科长争,他说要挂两瓶,我说一瓶够了,到医院配药时才知道医生的"心狠手辣":居然有四瓶。

不能怪护士,她们实在太忙了,我拎了我的盐水找了许久才找到一个脏得不行的座位,坐下来,每次换瓶,自己拎着盐水找护士,麻烦的是中途还有加药。护士说:"这一瓶挂到三分之一,那一袋来加药。"

四 暖意流转

坐在那儿,带去的书太厚,又是竖排的,一只手翻不了,热水袋又冷了,只能看四周的人。

凡是幼小的孩子挂水,围着的人多则四五个,至少也有父母。孩子不肯坐,一群人前后围着皇帝出巡一般;中学生模样的孩子,则多由父母其中一人陪伴,边挂水边安静地读书;年轻人大都由小爱人陪伴,病得甜蜜;而像我这样的中年人,不少自己一个人来的,有人陪的也是静静坐着。我身边一个女子,将盐水开得像瀑布一样,边挂水边打电话,打完电话慌忙要回家收衣服去。老年人大都由各自的老伴陪着,慢慢地说着温暖的话。对面不远处有个气质不俗的老大爷独自坐在角落,静静地,目光平视,仿佛面对虚空,远看他穿得高档,人也潇洒。在他走过我身边去换药时,我悄悄打量,他衣服上的污渍流露出单身老男人的困窘,让人突然心酸。人生是一场旅行,最初的花团锦簇到最后的庭院萧条,又隔了多少距离?在各个过程中有不同的风景,我只希望在最后,心中能够宁静安然。

看着滴也滴不完的盐水,仿佛是人生中最孤单无聊的一部分,拿起手机给远方的朋友发短信,虽然远,说的也是平常的话,间或开个玩笑,但是长长难耐的时光终于过去了,而朋友最后的短信,让我突然有落泪的冲动。人生虽然是孤单的旅程,但路上的相遇、相逢与相知,让人不能不珍惜。

秋天深处的仙鹤

蒹葭苍苍，芦花如云，秋天里灰蒙蒙的湖水让人分不清此岸与彼岸。

当它从芦苇丛中一飞而起，我的心因为惊喜而刹那间狂跳：在有意无意之间，在此生与来生的边缘，这是一场不曾邀约的神秘邂逅。

仙鹤翩然而起，盘旋的翅膀搅动初秋微寒的阳光，如同梦中，如同回忆，如同不可企及的爱情。轻盈、骄傲而孤寂。如果说天鹅的美丽是高贵，那么仙鹤的美丽就是孤傲，那样的孤傲暗合了我此时的心情，而我的镜头就是我的眼睛。

灰色的大鸟，来自水中，去向水的深处，它的倒影里有我年少青春一闪而逝的影子。

追随着灰色的影子，我的船向烟水深处而去。白鹭衣衫洁白，三三两两在水边顾影自怜，有不食人间烟火的曼妙姿容，它们飞向

四　暖意流转

芦苇深处时，轻得像一片风中的羽毛。野鸭们丰硕而活泼，哗啦啦一大片云一样结伴飞起，充满了凡俗人间的喜悦。各种水鸟们飞的走的，一片水声，然后，偌大的水面，清静得如同集市散尽的乡间小镇。

唯有那灰色的大鸟，仍然在水边散步，抬着头，步履缓慢，悠然而淡定，甚至不曾抬头看一眼我们的船，它在想什么？等着谁？何处是它最终要去的地方？一只白鹭没有随着同伴起飞，站在它的身边，如忠心的白衣侍从。

我还来不及提问，它就懒洋洋地起飞，似乎还带着一点不屑与漫不经心，随意舒展那透露着美妙的翅膀。它优雅地掠过湖面，飞过我们的船，飘然而去，注定是这广阔的舞台上唯一的主角。

"孤帆远影碧空尽"，秋天，只剩下漫天芦花，如雪如霜，在淡薄的阳光下。不知怎么就想起梅妻鹤子的故事，但是我想，无论怎样清净的人，也难拥有仙鹤这样的不羁与不驯的孩子。

而我来自那么远的世界，衣衫上充满了无奈、纷扰和尘嚣，而且很快就会回到自己的世界里去，本不奢望成为它的朋友，也不奢望能拥有它的惊鸿一瞥，我只是怀抱自己的心情。

江南女子的锦绣时光

小时候我住在一个叫菱湖的水镇上,民风淡雅,有点心远地自偏的味道。邻居的姐姐们都在下午的斜阳里围坐在一起,说说笑笑做各自的女红,大都是织毛衣,也有绣花的,纤纤素手翻飞,眼眸悄悄里,丝线绣成的花花草草就在针下纵横生长。

我爱极了绣花,就和母亲纠缠不清,母亲半是疼我,半是拗不过我,拿出她少女时代的绣花绷子和各式花样纸给我。褚红如玉的竹绷子,有精致的白铜锁扣,拿着新买的丝线和长九号绣花针,我就加入了姐姐们的行列。

我也许是天生的绣女,很快就学得像模像样了,至今家里尚有我十多岁时绣的手帕,是我自己的画,七彩斑斓,很是好看。

舅舅摆了一个服装摊,我去舅舅家玩,懂事地替他看摊,让他回家吃饭。他告诉我有一件衣服胸口烫了个洞,怕是卖不掉了。我找出针线补好后,在上面绣了一朵花,舅舅吃好饭回来时,我已经卖掉了这件衣服。

四　暖意流转

我不会织毛衣，但是喜欢缝纫衣服，刚参加工作时，替自己做了许多丝绸衣服。买的是零料，极便宜，本白、淡紫、浅灰的居多，有时一条衣服只绣上一朵折枝花儿，兴致好时就在前襟、袖子、裙摆各处绣花，我长得瘦，用蝴蝶结束了腰，长长阔阔的绸裙在风中飘扬，连自己也觉得美丽无比。

穿着自己做的衣服到处走动，当有人问哪里买的？得意就在心中晃荡着，甜甜地要溢出来。

一转眼，又有多少年逝去了？当年姐姐妹妹围坐的小桥树荫，早已经成了车水马龙的街道，阳光炽热，不复当年的温情脉脉，姐妹们如惊鸿飞尽，没有留下片羽只影。

时光荏苒，如今的我也识尽秋凉，早已经没有做衣和绣花的心境了。但是，是不是无涯时光终有归属？我还是偏爱绣衣，常会买回很难料理的真丝衣服与衣料，往往穿了不久就只有放在一边，心里赌咒一样地说：下次再不买了！但我知道还会有下一次的。

生活在丝绸之府，本身就是一种福泽吧。我喜欢一眼望去无边的桑树，喜欢如锦如云的精致丝绸，喜欢手指轻轻拂过丝绸时如水的温柔，喜欢这江南绣衣的芬芳怀抱。

怀念不如相见

女儿上个星期没去素描老师那儿上课，这个星期去了，问她的小老师："这么久没见到了，想不想我？"小老师夸张地说："很想啊！怎么会不想呢！"于是大家一起大笑，很是开心。

这师生间的玩笑，女儿叽叽喳喳地告诉我时，我很羡慕：多么纯净明朗的年华！那样说着想念，像蓝天白云一样清晰随意。

我好像从没有这样轻松地说过关于想念的话，即使在女儿那样的年纪，即使只是对父母。我是一个多么拙于表达的人，内心的拘谨，使我像一个锈了瓶盖的瓶子，无法轻易打开，想到这点，不免对自己有些失望。

星期六，机关学习日，上午学习结束后，去喝一场酒，因又一个人的永远离开。这样的宴席，倒是有点中国道教的潇洒意思在，虽然席间还是散发着淡淡的哀伤。

从酒店出来，骑自行车沿着马军巷边的小河往家走，多年没有

四 暖意流转

这样骑车了。春天的风又柔软又清爽，我的长发像丝绸一样飘扬着，脸颊边不时飘过几丝头发。河对岸的杨柳下撑着大伞，伞下白色桌椅上坐的是在淡淡阳光下喝茶的人，看上去悠闲自在，河这边是狭长的绿地、小桥、亭台，开着的八重樱和初谢的海棠。

自行车轻得像长了翅膀一样，犹如青春重来，年轻的时候，我曾与几个女伴，从湖州骑自行车到菱湖。

到菜场买菜，去的时候小区河边的柳树正在吐絮，在明亮的光线下，比雪还轻。想起两个才女，一个是谢道韫，她说雪："未若柳絮因风起"，据说她"神情散朗，有林下风气"，只"散朗"两个字，就让我心生向往；另一个是林黛玉，她的《唐多令·咏絮》中的字字句句皆是无奈与忧愁，太过伤神伤心，不读也罢。

而我最喜欢的却是张先的词："中庭月色正清明，无数杨花过无影。"幽静空明的句子，看得见那个人的历练和他那世事洞明的淡定，我喜欢这样的人。

回来的时候，看到马路边的香樟树全换了嫩嫩的叶子，一树树是半透明的嫩绿与浅红，亮晶晶的，极好看，风一吹，红灿灿的带着油光的老叶飘然而下，多么天衣无缝的衔接，一边新叶在成长，另一边老叶在飘落，仿佛永远没有落尽叶子的一天，就像从思念到怀念，从现在进行时到过去时的转变，不露声色，不着痕迹。

而更多的树，在秋天落尽了叶子，光秃秃的枝干在冬天里没有一点生命的气息，却在春天的某一个早晨，突然发芽，甚至开花，像绿色的火苗，一下子燃烧，像一个奇迹。生命短暂，消逝的一切其实不会重新回来，但世界生生不息，永远有自己的节奏。

四 暖意流转

春到村头荠菜花

昨夜和老哥、狐狸在群里说话,窗外雨声密密麻麻,听着很挤的样子,雨打梨花深闭门,那么雨打梅花呢?正好说到闲杂处,却听得惊雷乍响,就在耳际,我慌慌地撩开厚重的窗帘,极速的闪电瞬间照彻夜空,映得密雨如织锦回梭,针针线线丝毫毕现,透明闪亮得惊心动魄,回头看到电脑屏幕上老哥的句子:雷声真响啊。

早上上班时还是多云天气,连续下了那么些天,以为终于放晴了,我便弃了雨伞在家,甩着两只手轻盈出门。清晨的微光中满天云彩,柳树在风中轻巧起舞,忍不住就仰头看它的飘逸枝条,那么温柔绵长的柳条已经初绽绿意,像是有弹性的透亮丝线,让我相信这是春天雨丝的灵魂。

冬天里消失得无影无踪的小鸟儿齐齐集合在树冠上唱歌,它们是终于回来的天使,那么整个寒冷的冬天,它们究竟去了哪儿?

去菜场买菜，到处是卖嫩苔心菜的农民，肥厚清甜的菜心，正是初春的好蔬菜，可惜上市时间短暂，刚刚看得到花心抽出时的菜最好，只几天，花一开就老了。所以，趁着当季，多买些吃吧。

早园笋刚上市，浅浅的黄色，又短又胖，全身是山泥。每一枝笋，菜贩都特意剥开两三片笋壳，剥开处赛雪欺霜，让人一眼看去就心生喜欢。还有豌豆苗，叶子上有清霜一样的细粉，新鲜娇嫩得让人忍不住弯下身去。

"正月鲚，二月鲫，卖田卖地尝一尝"，肥美的鲚鲅鱼也上市了，暗青油亮，洗了用香糟与笋尖清蒸，只放一点点的盐和水，稍稍一蒸便熟了，再放上油、胡椒、生姜等各式调料，吃时便鲜到了极处。

老家在太湖边的一个乡村集镇，镇中心有一棵 600 多年树龄的老银杏。

接到堂兄的请柬，侄儿三十六岁生日宴，所以带了全家去喝酒。我在那儿辈分极高，据说五岁时曾因为欺负比我大两岁的同宗外孙女，惹得六十多岁的老嫂子不开心。如今母亲就是家中辈分最高的人了。

乡下的酒宴热闹喜庆，最让人高兴。我在灶前烧火，一边与老

太太们嘻嘻哈哈扯家常，一边往灶膛加柴，红色的火焰在灶膛里跳跃，蒸笼上白蒙蒙的，女儿在家里家外带了一群侄儿孙儿乱跑，只听见孩子们一阵阵哗啦啦的笑声。

抽空打开家中的老房子看了，老砖老瓦，墙上木柱色泽黯淡，隐然的墨迹凝重质朴，刻着"春和堂"三个字。屋子是当年祖父一手一脚建造的，刚解放时，父亲出来读师范，自此没有回去，所以房子很久没有人住，塌了一些，剩下的也很破旧了，堂兄刚收拾过屋内，很干净，天井墙壁上有锈迹斑斑的方钉，残破的墙上是一丛丛的瓦蕨。

走出屋后没几步，就是宽阔的大河，大且浅，像太湖，其实它离太湖不过一里路，站在桥上，就能清晰地看到太湖的水闸，还有水闸边一丛丛的芦花。

河床在围堤，西岸有大片的良田被挖成河道，听说其中一部分就是当年我家的田产，站在桥上俯视已然泛青的耕田，想到"沧海桑田"四个字，心中一片空茫。

乡下的酒席要吃整整一天，吃过午饭就陪母亲到远房表哥家玩，表哥也快80岁了。

老表嫂在，刚建了新房子，大得不像话，却没有装修好，侄儿

四 暖意流转

侄媳与我年龄相仿,"姑姑"却叫得勤谨而谦恭。在门前坐着闲话,却见一位六七十岁的老妪率三个中年妇人,各自手拎一包而来,老妪见到母亲笑着叫舅妈,叫我妹妹,直称今天真是有福气,碰得巧极。原来是大姐,名唤"黑毛",而那些比我大些的侄女们纷纷笑着叫我的小名。

原来她们是挑荠菜回来,我便心动,大叫好玩。大表姐笑道:"妹子,你随我来呀!"

大表姐走得极快,在春天的田野里动如脱兔,我在后面跟得气喘吁吁。到处都是荠菜,但因为我介于认识与不认识之间,所以只认识开花的,挑的全是带花的老荠菜,回家后让大家耻笑。

而春天,在田埂与桑地之间,在荠菜细小的白色上,慢慢地洇开来。

最特别的日子

办公桌上玻璃瓶里,有十朵深红玫瑰,正像丝绒一样缓慢绽裂,早上去买菜,细雨如丝,也是我喜欢的样子,菜场河边的杨柳丝淡雅的黄绿,是隐约可见的春天。风花雪月与庸碌平凡在我的生活里,如德芙巧克力里的可可与牛奶一样不可分离。

我在路边向一个农妇买青菜,她说:"多买点吧,明天就要下雪了。"我定一定神,听到伞上沙沙声,惊喜道:"哪里要明天?你听,不是已经在下了吗?"

她边笑边收拾剩下的几棵菜,说:"不卖啦,家里菜园里已经没有了,下雪了,明天自己吃。"

我打趣道:"敢情我买的是绝版菜啊!哈哈,别是你拿回去想明天卖高价?"

她抬头看我,脸上有细碎的雨点,认真道:"真是自己吃。"

雪是上天赐予我的生日礼物,小时候每年今天,都是家里重要

四 暖意流转

的节日，父母总是让我呼朋唤友吃一顿，如今父亲仙去，我年岁既长，已经成为家里的支撑，所以家人的生日不能不记得，自己的生日就没有心情庆祝了。但是我是个幸福的人，每年总是会有人记得我的生日，总是有鲜花和祝福，感谢生活，感谢朋友，感谢生命里的爱。

如果长相可以分四季的话，在冬天里生日的我有冬天的容颜。但是冬天的心是温暖的，揣着一个春天，所以，别怪我冷漠的样子。

父亲以前老是说，我出生的那个日子，滴水成冰，只在母亲温暖的腹中待了七个月就迫不及待地扑入这个寒冬的我，脸上胎毛未净，长相丑陋，超级大嘴，因为太瘦，眼睛也大得吓人。母亲说："让我看看？"她一看到我就惊讶说："怎么这么丑？"然后顺手就把我塞到被子里。

可是母亲一直不认可这种说法，他们为此争论不休。但是无论我丑成什么样子，无论要养大我是多么艰难，爱我的人从没有改变过，这是我一生的福泽，是爱的庇荫，容我一生受用。在孤独无助的日子里，我可以想到：我也曾是无价的珍宝，被人这样爱过。

记得父亲说过，曾经想给我取名迎春，但想到《红楼梦》里的二木头，就没用这个名字。当时我睁大眼睛说："怎么想到这么个名字，多俗啊。"但其实这真是一个好名字。

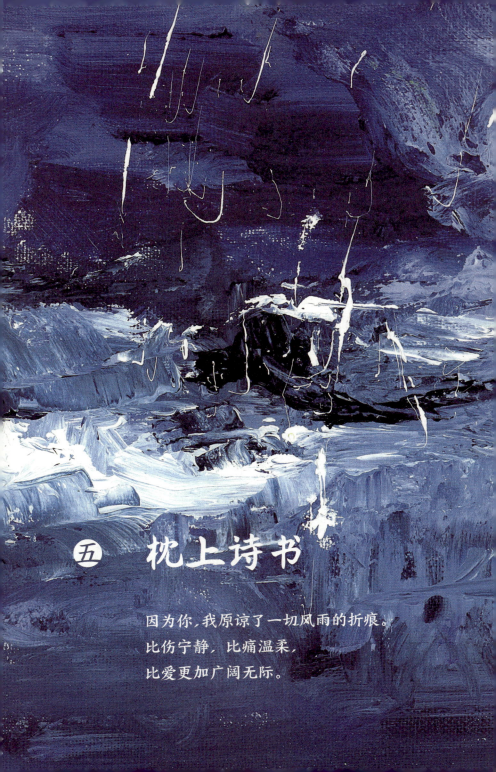

五 枕上诗书

因为你,我原谅了一切风雨的折痕。
比伤宁静,比痛温柔,
比爱更加广阔无际。

做一朵自由行走的花
Zuoyiduo Ziyouxingzou De Hua

在唐寅落花诗册里迷路

去交水电费,路过书店,我忍不住进去看看,看到菜谱《家常小炒》,翻开书来全是彩页,几百个江南小菜,色泽动人,想起自己厨艺平平,便下手买了一本。回家后在女儿的"御笔钦点"下,依样画葫芦做了份江南小菜,受到女儿的大力追捧,取名曰:黯然销魂虾。

买了一本《诗经》,我喜欢收藏不同版本的同一本书;又买了一本画册,是各式梅花,极为好看,只是有点不便宜;还为女儿买了一本颜真卿的字帖。

散漫中看到一本浅灰的《唐寅落花诗册》,心动了一下,甚至没有打开,想也不想就抱在了怀里。我买这本字帖,其实只是为了这个字帖的名字,便是一见钟情的那种喜欢。如果说喜欢一个人不需要理由,那么喜欢一本书也是如此。

古今中外的画家,我第一个知道的就是唐寅,在半懂不懂刚能听故事的年纪,夏季的夜晚挤在大孩子中间,听大人讲故事,具体

五 枕上诗书

内容记不清了，但记得故事中的一件宝贝，便是唐伯虎画的一把扇子，画着一个月亮，会随着天上的月缺月圆而变化。我深信不疑，仰头看天，深蓝透明的天上是一轮满月，明晃晃地照亮了幼小的心灵，如今我还清楚地记得那时的神秘和惊叹。

民间还流传着唐伯虎点秋香的故事，风流才子多情，美女回眸三笑，成就了千古佳话。其实这是一个爱情的神话，故事里的秋香不过是一个丫鬟，以唐寅的才名家世，要娶一个秋香还不是一句话的事？但是他放下身段，委身为奴，诚心诚意靠自己的付出赢得秋香的爱和认同，从一开始他要的就不只是一个美人，而是一份平等的爱，所以，即使在故事里，他也是一个可爱的人。

回家翻开诗册，果然文采飞扬、风流倜傥，行书用笔圆转俊秀，温文尔雅，有如谦谦君子，边看边觉得悠然心会，令我喜不自胜。

唐寅是明四大家之首，江南第一风流才子，且不说他仕途的艰难，只遥想当年，他遍游东南名山大川，并在苏州桃花坞筑桃花庵，满山桃花如锦如云，落花时节，踏花纷至沓来的是周臣、沈周、文徵明、仇英、祝允明、张灵、徐祯卿等人，诗酒唱和，笔墨酬谢，是何等风雅？那样多的才子雅集在一起，真像是一时星河下泻，明亮得让人不敢正视吧？

看唐寅的诗，更多的是江南式的愁肠百结与名士优雅的苍凉，还有敏感的文人对人间无奈的黯然，离那些故事里的唐寅实在是太远了。

"蕉酒新啼满袖痕,怜香惜玉此心存。可怜窗外风鸣树,辜负尊前月满轩。奔井似衔亡国恨,坠楼如报主人恩。长洲日暮生芳草,销尽江淹黯黯魂。"

"青鞋布袜谢同游,粉蝶黄蜂各自愁。傍老光阴情转切,惜花心性死方休。胶粘日月无长策,酒酹荼蘼有近忧。一曲山香春寂寂,碧云暮合隔红楼。"

"春梦三更雁影边,香泥一尺马蹄前。难将灰酒灌新爱,只有香囊报可怜。深院料应花似霰,长门愁锁日如年。凭谁对却闲桃李,说与悲欢石上缘。"

只有香囊报可怜?——我终于想起了黛玉葬花。

五 枕上诗书

像田野一样广阔的爱情

我喜欢《诗经》里一首好听的歌,是齐风《甫田》。虽然古时齐国如今在山东,但我宁愿相信《甫田》这样的故事发生在我们江南。

江南的水田,总是婉转清扬地错落在山水河流之间,没有一大片一大片平野的无边旷达。江南的女子,也总是有着纤细婉转的心思,爱人远去天边,即使思念如漫漫野草,也是欲说还休。

曾有过多少风霜中的等待?又在暗处心痛哭泣过多少回?远方有多远?远方啊,那样羞怯单薄的女孩子,踮起脚又是否可以望见?我们所能够知道的她,只是站在风中,轻轻淡淡的衣衫,轻轻淡淡地说道:"不必去种植那样无边无际的广漠土地,那样的大田里会有莠草长到天边。远方的人,又何必去想?空有那么多的忧伤!"

原来那块绿茸茸的大田只是一只荒凉的盒子,用来盛下可以存放千百年的思念。不种那样广阔的庄稼,那么可以种的又是什么?胡麻好种无人种,不种也罢;若要种菊南山下,却没有了悠然的心情；牡丹太艳，玫瑰有刺；而如果再不劳作，大地上野草会长得多高多茂盛？会不会遮蔽了爱着的心灵，遮蔽远方的人回来的路？

她轻轻回眸，满是无奈："别种那样的大田，忙不过来时茅草会高过人头，别盼望远去的人儿，盼不回来时徒增伤心！"真的是这样吗？那个人，是否能够读懂这样的言语里所隐藏的痛楚与伤心？

"婉兮娈兮，总角丱兮。"想起少时，他曾是那样温顺与美好，像多少年之后诗人所写："妾发初覆额，郎骑竹马来。"青梅树白花如雪，花下欢笑的小人儿无邪而天真。

痛定思痛，如果时光不曾逝去，如果你仍然还在身边，会是怎样？所以她无奈地又突然说道："未几见兮，突而弁兮。"你怎么可能，突然间长到这么大？大到我几乎陌生？真的，仿佛那个人是突然长大的，在飞翔的时光里变成了另一个人：戴着成年的皮冠，有着沧桑的眼神，来过，然后，又去了远方。

我们无从猜测：他们是一起长大的，还是分别多年后又相逢的？我个人倾向于后者，因为这样的长大是如此突然，以至于变得难以置信。我们还无从猜测的是：那个远去的人，那个已经长大，戴着皮冠的人，在远方的心情。

那样美丽的忧伤，越过千年，在时光的海洋里化为轻烟，能够留下来的，只是几行诗，让我在千百年后的今天看到。千百年后，我们的忧伤，仍然如此，仿佛是轮回，是女人的宿命。那么，再过千百年之后呢？谁又能体会到今天我读诗的心情？

窗外正是盛夏，屋里却是另一个世界，空调中清凉可意的风，一直罩着电脑前码字的我，电脑桌上有新鲜的水果，岁月静好，现世安稳。平凡人生，其实无所谓分离与相聚，只要挂念着的人安宁与无恙，无论在何处均是好的。

国风·齐风·甫田

无田甫田，维莠骄骄。无思远人，劳心忉忉。

无田甫田，维莠桀桀。无思远人，劳心怛怛。

婉兮娈兮，总角丱兮。未几见兮，突而弁兮。

千百年后也许还会有寂寞的女子，在这样寂静的长夜，读这首诗。

《怪谈》笔记

我自小就是个不认真不努力的人,如今临老,更是懒散贪玩混日子,也不觉得惭愧,喜欢看简单的文字,如文言小说《太平广记》之类,因为文字精简,如珠落玉盘,哗啦啦全在眼中,不拖沓,成全了我懒惰的心。这两天晚上枕边放着一本小泉八云的日本民间灵异小说《怪谈》,睡前消遣着看几行。书是女儿的,小家伙是个节俭懂事的孩子,买书却出手豪阔,可以用一个月的零花钱,毫不手软地买下一本喜欢的小说,不像我的做派。

很好看的书,日本的文化与中国有着千丝万缕的联系,所以读着日本的故事,不由自主地拿来与《太平广记》和《聊斋》里的故事对比,雷同的故事,因为发生在不同的民族中,居然有了不同的气质。

《怪谈》的作者虽然是希腊人,作品却有浓郁的扶桑气息,写出了大和民族的坚忍毅然,那一个个在黑暗中的故事,或诡异,或迷离,或瑰丽,或可怖,打开书来有一种幽雅与凄清的奇诡之美,如开在暗夜的彼岸花,是妖异的深红,像萧索的红色月光照得人心

惶惑。

自古至今，最能打动人心的往往是爱情。《怪谈》中有一篇故事《和解》，说是京都有个年轻武士，背弃新婚妻子远行追求名利。当他最终醒悟，于星夜回来，在破败的老屋找到妻子时，她正在屏风前缝补衣服，久别重逢，她深情款款，立即原谅了他的背叛，两人说了许多知心话，近天亮才睡。第二天早晨，武士醒来发现自己睡在腐烂发霉的地板上，身边是一具床单包裹的骷髅……

故事中的鬼魂往往也是善良温和的，读之让人内心安宁平静，温柔缠绵之中百回千转，即使是暗夜的月光也是淡淡的，月下白色的轻纱，美人如玉。中国许多这样人鬼相恋的古典文学作品，大都有好结局，即使最终分开，也是缥缈美丽的，不像日本鬼故事那样凄厉。如《太平广记》中《李茵》讲的就是有名的红叶传诗的故事。进士李茵，因为拾取了有诗句的禁苑红叶，而与宫中侍书云芳子相爱，云芳子死后鬼魂相随数年，后因人鬼殊途不得已而分开，她"置酒赋诗，告辞而去矣"。走也走得那么诗意，让人遐想，她留下的又是什么样的诗呢？

日本的故事多幽灵，中国的故事多仙境，也许我们的心境本就比他们明亮？还是他们更愿意勇敢面对不幸与真实？我是个避实就轻的人，怎么也深刻不了，所以喜欢好的结局，喜欢爱人团圆，喜欢仙界云雾里的花朵与音乐，还有那些奇奇怪怪的故事里的内心真诚，衣袂翩翩的书生与仙女……

五 枕上诗书

爱究竟是自私还是无私

前几天放在枕边的《张爱玲散文集》被移到楼下客厅里,拿上去后第二天下班我发现又在楼下了,以为母亲在看,小家伙却汇报说是她在"研究"张爱玲。研究的结果是:她特别喜欢张爱玲,因为张爱玲和她很像。她以前也看过张爱玲的小说,可没这样口出狂言过。

吓我一跳,难道我家将要出产一位绝世的才女不成?这样天天将她训来骂去,岂不是唐突一代才女?女儿就势要和我讨论张爱玲,我看书从不"研究",只是消遣而已,心中不免有些惶惑。"沉舟侧畔千帆过,病树前头万木春"啊,我说:"好,妈妈听听你和张爱玲什么地方像?"还好,听了一会儿最像的不过是都不爱到学校上课。女儿话题一转,居然谈到张爱玲的恋爱上去:"爱玲她老公真有才华呀,他们生活得真是幸福啊!"情窦未开的小女孩居然也一脸向往……因为书中也有胡兰成的文章。我默然:表象与真实,爱与虚妄,一个这样小的女孩子怎么和她说得清楚?

也和朋友谈论过张爱玲，如今在堆砌文字的女人中，张爱玲是一个标杆，也有不少人就是在模仿她。而我，虽然也看她的文字，赞叹她的才气，但我还是不太喜欢她。一是因为我不喜欢碎碎屑屑的说话方式，二是不喜欢太酷的人。我喜欢那种温暖的、有人情味的，所以我宁愿喜欢三毛。

说起张爱玲的爱情，我就会联想到《浮生六记》里的芸娘，隔了那么多年，作为女人，她与张爱玲的相似之处是：绝对的聪明与绝不吃醋，甚至丈夫和别的女人在一起时，也能心生喜欢。

芸娘，是中国书生们心中的最佳老婆：通诗书，有情趣，并主动为相知甚深的夫君纳妾，甚至为此送命，怎么不教男人们怦然心动而心向往之？可是，我总忍不住在心里诘问：爱，真的可以这么大度，因能与人分享而喜悦？一般来说，聪明美丽而有才情的女子大凡自负，绝不允许心中之人另有所欢，比如林黛玉会剪破香囊，卓文君会写下《白头吟》："闻君有两意，故来相决绝。"这全是不依不饶的样子。

那么，张爱玲或者芸娘又怎么会如此大度且"通情达理"？我不由暗暗思忖：是一种姿态，借以考验丈夫对爱情的忠贞？是一种境界，只要是你的开心就是我的欢喜？也许，只是一种自卑：因为自己长相平平，觉得亏欠了丈夫，心有愧疚，因而忍住心头的酸意，故作大度？——与其你自己心有不平而另觅佳人，倒不如我为你择之，这样总可以安慰自己：一切全是我要这样，而不是他。

五　枕上诗书

这是怎样的聪明冷静与黯然心酸？是这样吗？是不是我自己以小女人之心而度之？

子夜歌里的女孩子

子夜，只是这么一个充满了忧伤的美丽名字，就让我蓦然心动，甚至于想到，子夜的母亲，也一定是一个深情多才的女子吧，才会给女儿取这么一个别致却哀伤的名字。子夜，有种未知的茫然，是站在新月薄雾里的单薄昙花，开了也让人无从知晓，徒然错失。所以传说中由子夜首先唱出了这个曲调的诗歌，唱起来委婉深情、香动四野。

南朝乐府民歌还没有沾上以后朝代的那些诗词的精致与做作的风格，直率质朴，是一种纯真坦率的歌咏，利用汉字的一词多义的谐音双关，婉转含蓄，那份爱情却又大胆率真，细细读来，真的是令人心动神摇。那些诗，绝大部分是怨怼的、哀伤的和无奈的，对于所爱的那个人，称作"郎"或者"欢"。欢！相见时欢，别后却是惨淡天，黄昏长夜，青灯孤影，思虑无边。

五 枕上诗书

子夜四时歌秋歌十八首(局部)

白露朝夕生,秋风凄长夜。

忆郎须寒服,乘月捣白素。

子夜歌四十二首(局部)

驻箸不能食,蹇蹇步闱里。

投琼著局上,终日走博子。

今夕已欢别,合会在何时?

明灯照空局,悠然未有期。

……

欢愁侬亦惨,郎笑我便喜。

不见连理树,异根同条起?

我最喜欢的一首却是有轻巧的喜悦,如春暖花开时节旷野上的蓦然相遇:

宿昔不梳头,丝发披两肩。

婉伸郎膝上,何处不可怜。

女孩早上起来后还不曾梳洗呢,素面朝天就粘在爱人身边,晶莹剔透的脸上满是娇痴任性,披散了长发将头靠在他膝上,抬眼笑着看他。那真是春花初开的年纪,娇嫩的绝世姿容在一生中也许只如露珠那样莹然一闪,所以格外的绚丽多姿,如烟花在天空中华丽地绽放。引得那个人一时不知如何怜惜才好。

繁华落尽成一梦,然后是长长的忧伤,伤别离,叹薄情,最后寂寞老去。等待一个人,在春日淡淡的阳光下,在秋天微寒的露水里,独立小桥风满袖,灯的素罩上沾满飞絮,荷花落了一池。苦涩黄檗,离乱的四季,织机慢慢变得残破。眺望的目光在渐渐昏暗,黄金也变得黯淡无光。

可是你在哪里?那怦然心折的初识在哪里?那句"天地合,乃敢与君绝"的誓言又在哪里?哪里是郎的情?哪里又是欢的怜?

五 枕上诗书

就像：

侬作北斗星，千年无转移。欢行白日心，朝东暮还西。

一年一年，有多少女子曾经轻轻吟咏这些句子忧伤终老？是啊，一天一天，直到如今。

才女的爱情更寂寞

随手翻开发黄的词选,邂逅《凤凰台上忆吹箫》这个词牌,遇见李清照的这一阕词。窗外是初秋,沉寂夜色,深蓝里有不明确的星星,和这个词牌莫名地相配。暗处的音乐,被脆响的虫鸣切成薄薄的碎片,轻飘飘浮在空气中。

起来慵自梳头。不仅仅是无聊无心,还有累。走过了千年万年,是不是可以歇下来,静静地凝望,这些音乐碎片的影子?还有,记忆里你的笑容?

零落散乱的青丝,妆镜前落寞的容颜,问时却只笑着答一句:欲说还休。夜已深,风很凉,窗帘厚重,却在缓慢滑翔,仿佛看清了,今生隔也隔不断的尘缘。

冷香,开到最后的晚香玉的淡与冷,是夏季的绝唱。白天走过,我看到它们白色的花苞珍重地静默,等待过整个季节却依然故我,是一份无可救药的执着。我知道所有的话它们会在今晚说出,虽然无人听到。有的开放,本不是为了倾诉,也不是为了聆听,可是我

五 枕上诗书

听见了。细碎的耳语直达心腑却永远无法转述，语言是如此贫乏，我却只能用它来表达，我说了有人能够听得懂吗？在这一瞬，我是如此孤独、如此无助。风吹过湖面，波澜起伏的湖面真的是风的形状吗？我要说的话你真的知道了？

如今你去了何处？衣上是谁的香？唇边是为谁开放的笑容？回文锦、团扇诗、子夜歌。曾经只是短暂的迟疑，便错过了花期，伤情的落花漫天飞舞，掩埋了往日的笑靥，无处不在的痛，持久不息。

所以，如今我不敢再迟疑，我彻夜不眠等待花开，从花开等到了花谢。花开花落之间，失去了你的消息。浮云轻拂凤凰台，没有凤凰，没有吹箫人，高台明月只照亮了一个传说，霜轻如梦，化为薄雾。

天接云涛，星河欲转。箫声隐约可闻又无处寻找，从春天到秋天，从红颜到白头，从地老天荒到沧海桑田。从长路漫漫无法泅渡到弹指千年刹那老去，从我到你。

也许没有开始，所以也可能没有答案，当我在岁月尽头微笑回眸，只看到你在时光另一头。

附

李清照

《凤凰台上忆吹箫》

香冷金猊,被翻红浪,起来慵自梳头。

任宝奁尘满,日上帘钩。

生怕离怀别苦,多少事、欲说还休。

新来瘦,非干病酒,不是悲秋。

休休!这回去也,千万遍《阳关》,也则难留。

念武陵人远,烟锁秦楼。

惟有楼前流水,应念我、终日凝眸。

凝眸处,从今又添,一段新愁。

爱上横塘路

一

凌波不过横塘路,但目送、芳尘去。锦瑟年华谁与度?月台花榭,琐窗朱户,只有春知处。

碧云冉冉蘅皋暮,彩笔新题断肠句。试问闲愁都几许?一川烟草,满城风絮,梅子黄时雨。

那一天和朋友在莲花庄附近拍照玩,在莲花庄门口的路牌上看到"横塘路"三个字,仿佛路遇美人,我欣喜莫名,像孩子一样指了给她看:"你看啊看啊,这是横塘路呢。"她惊讶地看着我,笑道:"是啊。"

因为我想到了这一首《青玉案》,这是我从少女时代就喜欢的一阕词,年轻时的我多愁善感,被这阕词中的惆怅与茫然一击而中。

虽然我也知道，词里所说的横塘，是在苏州郊区，但是我还是很开心在湖州也有这样的地名，同饮太湖水，湖州横塘路上，是否也曾有这样"凌波微步，罗袜生尘"的女子，携一路芳香与倾慕，绝尘而去？

遥想当年，苏州城外，香草百里，云彩流动，柳絮纷纷，梅雨绵绵，正好是和今天差不多的季节，生于贵族家庭的贺方回，建功立业不成去去去，胸襟之中常常流走着痛苦、孤寂、无奈的波澜，这样心绪里，却与这美丽的无言邂逅不期而遇。

不是不知道世事无定，这样不阿权贵的刚直男子，却在这暮春里惘然无措：你又会去向哪里？明月眷顾的阳台？花草簇拥的屋子？雕刻着连琐纹的窗棂？朱漆深重的大门？还是……他轻轻叹息："只有春天才知道吧？"

彩笔新题断肠句。人与人瞬息缘尽，只留下这千古辞章与叹息，留下这一川烟草与绵绵不尽的黄梅细雨，在春夜里打湿多少女人心。

又有多少年过去了？夜已深，窗外梅雨点点滴滴，微寒薄如细风，吹透过我衣服，重读少女时爱过的词，心里一片茫然与忧伤：多少年之后，是否还有同样的夜晚？是否还有人在深夜读这阕词？那是谁？

二

轻盈的步履,悄然远去。作者在横塘的另一头,怅然凝望渐远的背影,他曾暗暗期待她会重新路过这里。(龚明之《中吴纪闻》:铸有小筑在姑苏盘门外十余里,地名横塘。)人已走得没有踪影了,这里一个痴心人还在默默凝想:这样美好的年华,她又会与谁在一起度过呢?想来她住的地方,是如此神秘与华美,一定会有明月一样的露台,花儿簇拥的舞榭,细木雕刻的小窗,红漆的大门,仿佛只与春天同在。

痴痴伫立,心情惆怅,直至暮云冉冉而散,天色渐暗,远近是一片萋萋芳草,人迹已杳,踏着夜色回家,心绪依然难以平复,拿起笔来,又一次写下心碎的句子。这是茫茫人海中的刹那倾心?还是多年痴恋的黯然分手?我无从知道。

谁又能知晓,这相思的苦楚与怅惘?放眼望去,茫茫世界,情怀凄婉:如烟的春草连绵到无际无边;柳絮绵绵漫天漫地,梅雨一点一滴无始无终,有如离愁。

我刚刚接触网上世界时,在单位内部的总坛网上认识一个北京人,有才气,爱开玩笑,在一起玩得开心;又结识了一些年轻的男孩女孩,才气逼人,行文犀利,正是新新人类,叫姐姐也叫得甜。那个先认识的朋友却认定他们是坏人,不让我与他们玩,我自然不加理会。

网络真是个奇怪的世界,他一时苦口婆心,一时恶言相加;一时道歉,一时又骂人,反反复复,搞得人哭笑两难,我说:"相忘于江湖吧,只当从来没有认识过。"他却不肯,苦苦纠缠,网名层出不穷,最后不欢而散,其实何止是不欢而散!甚至后来还到了我自己外网的论坛来吵架。

那一日,我在总局论坛上看到一个网名叫"一川烟草"的网友写了文章,文笔清雅,却没人跟帖,我就上去与他说话,他与我谈到的正是这首《青玉案》,上面的文字是我的一些个人看法,随手写了给他看的。谁知这只是一个游戏,最后还是那个北京人,后来我就不说话了,好在论坛来去自由。

也许是他过分,也许是我伤人,总之曾经的朋友,到最后只留下一个网名。

十亩之间的乡村爱情

十亩之间兮,

桑者闲闲兮,

行,与子还兮!

十亩之外兮,

桑者泄泄兮,

行,与子逝兮!

突然被这样的句子打动,单纯、明亮、直接,却蕴含着无穷的诗意。

蚕事初起,小小黑色的蚁蚕像一粒粒种子慢慢绽裂,需要的嫩桑叶并不太多，而桑林的初绿，是明澈清亮的，在暮春的阳光里，远望如浅绿烟云，十亩之间，绿叶与绿叶之中，有采桑女子的隐隐身影。

回眸浅笑，顾盼神飞，却淡定温驯。闲闲的采摘，双手翻飞，眉梢眼角，是春天淡雅的微红，叫罗敷的女子，纯白的布衣沾上了桑葚的暗紫。远处平岗上细草绒绒，牛儿鸣叫，夕阳西下，暮霭里归鸦点点。

桑林外女伴们三三两两结伴回家。

走吧，和你一起回家好吗？这样温情脉脉的一句话，是黄昏栖落在心湖里的鸟，贴心贴肺的，又是谁对谁说的？是知己女友还是心中暗许的那一个？而十亩，是多么适当的范围与距离！

我从小到大生长的地方，在太湖之南，典型的蚕桑基地，也是盛产丝绸与美女的地方，我的奶妈与奶妈的女儿，就是附近有点名气的美女。而那个叫石淙的地方，粮食作物种得很少，家家种桑养蚕，女孩子们几个凑在一起，在家做湖笔，所以即使是乡村女孩子，也是深居简出，出落得洁净如水，还被这湖笔熏得一身书卷的秀逸。

虽然我那时尚幼，却记得家里养蚕时的辛苦，只有蚁蚕采叶时才可能有"闲闲兮"的悠然，当蚕儿大些时，家里全是蚕与叶，蚕儿日日夜夜在不停地吃啊吃啊，整个屋子里就全是它们吃食时如下雨一样的"沙沙"声。这时姐姐也不做笔了，不停地出门去采桑，夏天时桑树上已经有刺毛虫，她细皮白肉的皮肤常有伤痕和红肿。

蚕儿长势好的年份也有烦恼：桑叶不够了，就驾一叶小舟，沿着杨柳岸一路划上去，到桑树长势好而养蚕不多的人家去买叶。去两三天也会有，有时实在买不到，哭着把快要结茧的大蚕倒一部分给鱼吃也是有的。

最辛苦的是下雨天，蚕儿娇贵，吃了带水的叶子会死，所以每一张桑叶全要用毛巾擦干，下雨之前，大家疯了一样摘叶。

我最喜欢帮大人摘茧，白色的蚕茧，摇动时蚕蛹在壳里咯咯地响。这时我就能赖在奶妈女子香气又温暖的怀里，桑葚的紫色在手上、脸上一块一块的。奶妈得空时就叫一声"宝儿"，亲我一下。

奶妈不抱我的时候，我就钻到桑树林里四处找野蚕结的金色小茧子，多时能采一大把，拿回来给奶妈，存得多了时，奶妈把丝绵"洋红"染了，冬天翻在我衣服领子上，说是能辟邪。

我生女儿时，奶妈早已经不养蚕了，乡下老人没有什么收入，她仍然按照外婆的礼节，除了吃的，亲手做了全套婴儿服送来：从毛衫、尿布到棉衣、棉被，棉被的丝绵并不是全新的，是她拆了自己唯一的一条大衣里的絮棉。

年轻时奶爸长得高大英俊，是田园里的麻衣诗人，他总有无数的故事在夏夜灿烂的星光里说给我听，我总是一边听一边答道：

"嗯。"这样的日子很远很远，远到今天我的心上。收工后，他会先抱起我转一圈才放下农具去吃饭、洗澡，让我记牢他麻布衣服的粗糙。奶爸生病与去世我都不知道，因为他不让奶妈与哥哥、姐姐告诉我，怕影响我的工作，怕我花钱。

奶妈生病时，我乘车去医院看她，开刀后的她看到我时不是惊喜，而是"受宠若惊"，这让我心里很痛。她一次次地说："你阿爸以前都说过了，你出嫁时，我们没有给你什么，怎么好让你这么花钱！"

她回到乡下，我带上全家人去看她，她不在家，我在村口找到她时，她站在村头看人打牌，寂寞写在脸上。我让她到我家住些日子，她说自己脏（大肠切除），怎么劝也没有来过，不久后她去世了。他们老两口夫妻恩爱，所以我相信是一起走了，就像那一句温存的话："行，与子逝兮！"

十亩之间，采桑女闲闲地劳动，十亩之外，是女伴三三两两回家的身影。喜欢这首朴实灵秀的诗，还是因为它恰到好处地把握了生活之美，歌唱了在辛苦劳顿之间短暂的悠闲自在，让我想起当年奶妈和初长成的姐姐。

做一朵自由行走的花

Zuoyiduo Ziyouxingzou De Hua

风雨落花看浮生

陪女儿去书店买书,如今她开始喜欢买些经典名著了,不再买时兴的盗墓穿越的网文之类,颇合我心。走时,发现我没买什么,就拿了一本《浮生六记》。这本书我是有的,但对于喜欢的书,我会买不同的版本收着,虽然我并没有多少藏书。

睡前拆了新书闲看。老来多忘事,此书以前看过,我如今一口气读了,仍感慨万千。当年沈复夜行在茫茫海上,唯有星光如暗夜花朵开在枕畔,想起前尘往事,又是怎样的心情?浮生若梦,经历在慢慢改变我们的人生,所有的人与事,来临又远去,只有回忆留了下来。一念及此,不由心中黯然,然徒增闲愁,又有何益?罢罢!

于是,重新穿衣,到电脑整理前些日子拍的樱花,花是尘世间最为明亮的慰藉,春天的好,是重重叠叠的花讯,让人来不及忧伤。

当然这要看你怎样看花,也有整个春天看到全是忧伤的,比如《红楼梦》中林妹妹,她看的是花谢的过程:"花谢花飞花满天,红消香断有谁怜?"落花之美有时更胜怒放之际,就像悲剧永远比喜剧更打动人心，落花的好，是动态的，漫天飞舞，香消玉殒。色彩慢慢黯淡，花香渐渐清薄，不由让人心生怜惜与不忍。

我现在只关心什么花开了，所以多的是惊喜。早春，迎春其实比梅花还早些，梅花是一场无边无际的爱恋，玉兰紧接着点亮天空，随后海棠与桃花拥挤着不分彼此，油菜花轰轰烈烈，茶花、杜鹃什么的，都各自任性开放。

而这一季的白樱花，是清淡的绝色佳人，只在山水湖边一笑，便引无数像我这样的情种魂牵梦萦。

早在三月初，女友们就一个个心绪不宁，往樱花谷打热线一样："白色早樱开了吗？"就像当年杜牧等一个湖州小女子的长大，只怕她绿叶成荫子满子，所以巴巴等待着最好的韶华。

今年天气反常，湖州的樱花开得早，每每开车经过，心中常常忧虑，担心错过，看到风雨落花，心就提着，往落落妹妹处打电话：风吹在我心上啊。

终于在春和景明的一天成行，花如去年，人已经暗暗老去一年。浮生若梦，因有了这些有花的日子，暂且欢喜。

做一朵自由行走的花

同车的女孩有如木槿

有女同车,颜如舜华。

将翱将翔,佩玉琼琚。

彼美孟姜,洵美且都。

有女同行,颜如舜英。

将翱将翔,佩玉将将。

彼美孟姜,德音不忘。

——《诗经》

那个叫孟姜的女子想来也不过是个平民女子,所以会与人同车同行,清晨阳光初露,空气湿润清寒,侧身而坐的含羞女子, 美

如初绽的粉红木槿,刹那间让人心折。

我最喜欢"将翱将翔,佩玉将将"这一句,路边草色茸茸,木槿树荫沉醉,鸟儿翔集,没有顶棚的车里,女孩儿素色衣衫,衣袂翩跹,如一只羽翼丰美的鹭鸟,仿佛随时都会凌空而逝,车马摇晃之时,风掠动她的发,她的佩玉"将将"地细响,清脆的声音撒向无边的远方,一声声又如一枚枚淡淡苦涩的种子,直达同车那个人的心灵深处。

写下这份心绪的人是谁?隔了无数远去的年月,我仍然看到了那样美好的时光与心情,并且为之心旌动摇。

记得刚调来湖州,我还没买房子,住在单位借我的一套顶楼的房子,夏天没有空调,就拖了女儿吃住在好友玉琪家里。她婆婆虽然唠叨,可是像对女儿一样对我好,有一天她让我晚上不要去睡,因为昙花快开了。

在夏夜,昙花的开放类于梦,也类于幻想,神秘、短暂,是一句笼着朦胧光芒的绝唱,所以有种说法是只有有缘人才能看到,我记忆中那一晚有点恍惚,还有一丝丝不安,不知为了什么。

在东白鱼潭定居后,慢慢地就对这个小区有了越来越多的喜欢,一个重要的原因就是这个小区有很多的绿地和花草。夏天,木槿开得到处都是,每天去上班,一树一树的木槿开得正好。一天与一天之间,并看不出什么区别,木槿也是花期短暂的花朵,早上初开,傍晚就会凋落，不断地开与落，就像民间的美女一样在一茬茬成长与老去。奇怪的是木槿的花语却是"坚韧与永远"，韩国用这样平民化的一种花作为国花。汉代东方朔在写给公孙弘借用马车的信中也说"木槿夕死朝荣，士亦不长贫也"，是因为木槿虽然易谢，但却开得生机盎然，不显一点颓废之态的缘故吧？

　　同样花期短暂的花，昙花开得神秘高贵，木槿花开得平和灿烂，就像这个世界上匆匆忙忙的不同的女人。